Seenot

tatort

Dieses Buch ist ein Roman. Handlungen und Personen sind frei erfunden. Ähnlichkeiten mit lebenden oder toten Personen sind rein zufällig.

Seenot

Kriminalroman
von Susanne Kraft
nach einem Drehbuch
von Dorothee Schön

emons:

Agentur: WDR mediagroup licensing GmbH
Kriminalroman nach der gleichnamigen ARD-Serie »Tatort«
ARD-Tatort-Koordinator: Prof. Gebhard Henke,
Leiter des WDR-Programmbereiches Fernsehfilm, Kino und Serie
Tatort-Drehbuchautorin: Dorothee Schön
Umschlagfoto: Peter Hollenbach
Umschlaggestaltung: Weusthoff Noël, Hamburg (www.wnkd.de)
Druck und Bindung: CPI – Clausen & Bosse, Leck
Printed in Germany 2010
ISBN 978-3-89705-663-3

Die Zitate im Text stammen aus »Ein hinreissender Schrotthändler«
in: »Einmal auf der Welt. Und dann so« von Arnold Stadler.

Wir bedanken uns bei Dorothee Schön und bei der Redaktion
des Südwestrundfunks für die freundliche Unterstützung.

Die Titelabbildung zeigt Eva Mattes als Kriminalhauptkommissarin
Klara Blum und Sebastian Bezzel als Kriminaloberkommissar
Kai Perlmann.

»Seenot« ist eine Produktion des Südwestrundfunks in Co-Produktion
mit dem Schweizer Fernsehen.

»Und jenseits, am Ufer gestreckt,
so Städte wie Dörfer,
Fern, doch deutlich dem Aug,
im Glanz durchsichtiger Lüfte.
Aber im Grund wie schimmern die Berge!
Wie hebet der Säntis Silberklar
in himmlischer Ruh
die gewaltigen Schultern!«

Eduard Mörike

EINS

Der See lag grau wie mattes Silber. Trübe Wolken hingen über der Konstanzer Bucht. Hinter ihnen kaum mehr als eine Ahnung milchigen Sonnenlichts. Von Konstanz aus war Kreuzlingen nicht zu sehen und umgekehrt. Der Nebel verschluckte alles: die Schweizer und die deutschen Ufer, die Geräusche des Sees, das Licht, die Farben, den Glauben, dass auch auf diesen Herbst ein Winter, darauf ein Frühling und schließlich wieder ein Sommer folgen würde.

Die verwaisten Häfen gehörten den Seevögeln fast ganz allein. Außer dem Fährverkehr zwischen Meersburg und Konstanz und der Katamaranverbindung nach Friedrichshafen waren um diese Jahreszeit kaum Boote auf dem Bodensee. So mutete die kleine Prozession, die am frühen Nachmittag des Allerseelenmontags den Kreuzlinger Yachthafen verließ – die Targa der Seepolizei, dicht gefolgt von einer imposanten Sealine –, ungewohnt an für die winterliche Stimmung des Tages. Die Schiffe glitten sanft auf den See hinaus, die Motoryacht im Fahrwasser des Polizeiboots, das mit seinem schlanken Bug das Silber der Wasseroberfläche sauber und unaufgeregt zerteilte. So friedlich, fast feierlich das vernebelte Bild aus der Ferne wirkte, so sehr trog aus der Nähe betrachtet dieser Schein.

Auf der Flybridge der Yacht, die nach der ersten Frau in der griechischen Mythologie, die die Götter zur Erde geschickt hatten, auf den Namen »Pandora« getauft worden war, schwiegen sich zwei Männer, die unterschiedlicher kaum sein konnten, feindselig an: Dunkel und selbstbewusst Urs Stähli, Besitzer der Stähli-Werft in Bottighofen, der breit auf seinen kräftigen Beinen am Steuer stand und den schmalbrüstigen Beamten neben sich ganz offen ignorierte. Ungesund bleich und verkniffen Marcel Steiner, Wachtmeister der Kreuzlinger Seepolizei, der jede Bewegung Stählis mit Argwohn verfolgte und auf ein Fehlverhalten von ihm geradezu zu hoffen schien.

An Bord des Polizeiboots war die Stimmung kaum freundlicher. Kurt Weingarten, Stählis Vorarbeiter, fror in dünner Arbeitshose und nur unzureichend wattierter Weste in der klirrenden Kälte auf Deck, die Anweisungen vom Chef der Seepolizei, Reto Flückiger, erwartend. Der überlegte währenddessen am Steuer im Fahrstand der Targa, ob es so eine gute Idee gewesen war, Steiner mit Stähli allein gelassen zu haben.

Steiner war sein Zögling und hatte sich seit einiger Zeit geradezu fanatisch auf den Werfteigner eingeschossen. Er unterstellte Stähli krumme Geschäfte. Bewiesen werden konnte davon bisher nichts. Was Steiners Ehrgeiz nur umso mehr anzuheizen schien und ihn bereits mehrmals über das Ziel hatte hinausschießen lassen. Flückiger fühlte sich für ihn verantwortlich. Der Junge war auf seine Anregung hin Polizist geworden. Er war eifrig und gewissenhaft. Aber er hatte sich nicht immer im Griff.

Flückiger war weiter auf den See hinausgefahren, als er eigentlich vorgehabt hatte. Als er den schlotternden Werftarbeiter vor sich im Bug wahrnahm, drosselte er den Motor und nickte ihm knapp zu. Weingarten wusste, was seine Aufgabe war, und griff mit klammen Fingern nach der Boje, die für die Lärmpegelmessung parat lag. Obwohl er eher schmächtig und immer leicht gebeugt wirkte, konnte er Flückiger jedes Mal wieder mit seiner Wurfkraft überraschen. Die Boje flog in hohem Bogen über das Wasser, bis die Leine, an der sie festgemacht war, den Flug stoppte und die Markierung unsanft auf den See platschte. Fünfundzwanzig Meter war die Leine lang. Für die Lärmpegelmessung, Teil der Bootsprüfung, die Stähli beantragt hatte und für die sie bei diesem Sauwetter auf den See hinausgefahren waren, war genau dieser Abstand zwischen Messgerät und Messobjekt vorgeschrieben. Flückiger musste kaum noch manövrieren, um die Targa in die richtige Position zur »Pandora« zu bringen.

Dort auf der Brücke verfolgte Stähli das Manöver mit großer Ungeduld. Er war unter Druck, wie immer, und dieser Steiner war einfach nur lächerlich, wie er ihn keine Sekunde aus den Augen ließ. Stähli nannte ihn im Stillen den Terrier, weil er etwas chronisch Bissiges an sich hatte und nach ihm schnappte, wann immer er ihn sah.

Stähli nahm das üblicherweise gelassen. An ihm hatten sich schon ganz andere die Zähne ausgebissen. Das übereifrige Polizistenbübli mit seinen ewigen Verdächtigungen nervte zwar, aber Stähli hatte zurzeit ganz andere Probleme.

In grüblerischen Gedanken bei der Sache, die ihn seit Wochen umtrieb und über sein weiteres Leben entscheiden würde, sah er nicht gleich, dass Flückiger auf dem Boot der Seepolizei das Signal für die Pegelprüfung gab. Ein unsanfter Rempler von Steiner holte ihn in die Gegenwart zurück. Mit herrischer Geste und lauerndem Vorwurf im Blick deutete Steiner zur Targa, auf der Flückiger ungeduldig wartete. Stähli mochte weder ungefragt angefasst werden, noch ließ er sich von irgendjemandem Befehle erteilen. Er musterte Steiner abschätzig.

»Merkst du eigentlich nicht, dass du dich langsam lächerlich machst? Schon geil, so eine Uniform für so ein Zwergenego wie dich.«

Während sich Steiners fahler Teint vor Entrüstung fleckig rot verfärbte, nickte Stähli gelassen in Richtung Flückiger und ging mit der »Pandora« gemäßigt auf Tempo.

»Für Sie immer noch *Sie*, Herr Stähli. Links an der Boje vorbei!«

Steiner bellte nun wirklich wie ein hysterischer Terrier. Es würde Stähli für immer ein Rätsel bleiben, wie Menschen sich wegen weniger als nichts aufregen konnten. Er beanspruchte für sich, von eher gemäßigtem Temperament zu sein. Natürlich konnte er kämpfen. Aber es musste sich lohnen. Mit herablassendem Seitenblick auf Steiner nahm er Fahrt auf den geheißenen Kurs, weiterhin nicht mit voller Kraft.

Die erneute Provokation ließ Steiner regelrecht explodieren. Er drängte Stähli mit wütender Wucht vom Steuer und drückte den Gashebel auf Volllast durch. Die Friedhofsstille über dem See zerriss wild aufheulend.

Mit dreißig Knoten raste die »Pandora« an der Boje vorbei direkt auf das Polizeiboot zu. Flückiger, das Messgerät im Anschlag, sah Weingarten instinktiv in Deckung gehen und wusste, dass er die Targa nicht mehr rechtzeitig aus der Schusslinie würde bringen können, wenn die Yacht nicht endlich abdrehte. Er verfluchte sich für die Entscheidung, ausgerechnet Steiner auf die Prüffahrt mitgenommen zu haben, als die »Pandora« mit aufschäumender Bugwelle verdammt wenige Meter vor ihm in scharfem Bogen nach steuerbord ausbrach und mit unvermindertem Tempo erneut auf die Messboje zusteuerte.

Auf der Yacht hatte Stähli das Steuer nach einem sprachlosen Moment der Empörung Steiner wieder aus der Hand gerissen. Mit seiner Gelassenheit war es plötzlich nicht mehr weit her. Er zwang sich mit aller Kraft zur Ruhe, während er die »Pandora« auf vorschriftsmäßigen Abstand brachte.

»Ich kann ja verstehen, dass dir einer abgeht, wenn du Polizei spielst. Kriegt so ein Waisenkind wie du auch einmal einen Ständer.«

Die Provokation, die Stähli in ausgesucht freundlichem Tonfall servierte, als ginge es darum, beim Tee gepflegte Schwyzer Konversation zu führen, trieb Steiner erneut die Wutröte ins Gesicht. Stähli genoss die Überwindung, die es den tief gedemütigten Wachtmeister kostete, sich zu beherrschen. Er meinte förmlich dessen Kieferknochen knacken zu hören, als er sich eine Entgegnung auf die direkt in sein Schmerzzentrum abgeschossene Beleidigung verbiss.

Steiners Rache ließ nicht lange auf sich warten. Zurück im Yachthafen, der zugleich Standort der Seepolizei war, ging die Bootsprüfung im Inneren der »Pandora« weiter. Dank Steiner ausgesprochen gründlich. Er hatte seine Mittel, um Stähli an die Weichteile zu packen. Und er würde nicht von Bord gehen, bevor er nicht gefunden hatte, was er suchte und sicher war, diesmal zu finden. Er kroch in jede Ritze des aufwendig vertäfelten Salons und der luxuriösen Kabinen, durchsuchte die Bäder und die chromblitzende Küche, überprüfte die Aufhängung der Flatscreens, die überall und natürlich auch in der Pantry hingen. Das Boot war gut und gerne eine Million Franken wert mit der ganzen Sonderausstattung.

Flückiger brauchte Stähli nicht anzusehen, um zu spüren, dass er kurz davor war, auszurasten.

Das war keine Prüfung, das war eine Filzaktion der Sonderklasse. Flückiger war zerrissen: Marcels Prüfgebaren entsprach ganz klar nicht den Standards. Er würde ihn einbremsen müssen, wenn er so weitermachte. Aber erst wollte er Stähli mit seinen Methoden auf den Zahn fühlen. Ruhige sachliche Fragen. Auf Zwischentöne bei den Antworten achten. Mit dem Naheliegendsten anfangen. Es war Anfang November. Der Pegel des Sees sank unerwartet schnell. Jeder Bootsbesitzer war froh, sein Schiff auf dem Trockenen in der Werft oder im Winterlager zu haben.

»Wieso will der Eigner denn jetzt noch auswassern?«

Stähli, obwohl ungefähr gleich groß und gleich alt wie Flückiger, sah auch auf ihn selbstbewusst von oben herab. »Ist doch wohl seine Sache, oder?«

Bevor Flückiger klarmachen konnte, dass hier im Moment nur einer die Fragen stellte, kam Steiner mit Klemmbrett und Prüfbogen zu ihnen in den Salon. Es war ihm anzusehen, dass ihn das bisherige Ergebnis seiner akribischen Durchsuchung keineswegs befriedigte. Herrisch deutete er auf eine Luke im Boden des Vorraums.

»Die Verkleidung muss weg. Ich muss die Leitungen überprüfen.«

Stähli wusste, dass Steiner die Luke, die in den Rumpf des Schiffes führte, problemlos allein öffnen konnte und sein Befehl reine Schikane war. Aber er hatte heute noch etwas vor. Und dafür musste das Boot unter allen Umständen abgenommen werden. Also nickte er seinem Vorarbeiter finster zu.

»Geh du, Kurt.«

Nachdem Weingarten ohne Mühe oder Werkzeug die Luke geöffnet hatte, kroch Steiner in den darunterliegenden Maschinenraum und leuchtete ihn mit seiner Taschenlampe bis in den letzten Winkel aus.

Ein Blick auf die Uhr ließ Stähli nervös werden. Sie hatten bereits zwei Stunden wegen diesem übersteuerten

Streber verloren. Er konnte sich das nicht leisten. Nicht an diesem Tag. Er wandte sich säuerlich an Flückiger.

»Das nächste Mal wüsste ich gern, ob dieser Klugscheißer Dienst hat, bevor ich mich zur Bootsprüfung anmelde.«

Obwohl oder gerade weil Stähli den Umstand ansprach, über den Flückiger sich vor keiner halben Stunde selbst vorwurfsvolle Gedanken gemacht hatte, reagierte er ungewollt schroff.

»So weit kommt es noch, dass die Werft uns vorschreibt, wer ihre Boote prüft. Aufgepasst, Stähli, es geht nicht mehr lange, und Sie haben eine Anzeige wegen Beamtenbeleidigung am Hals.«

Stähli verzog keine Miene. Aber Weingarten sah alarmiert zu ihm. Wahrscheinlich weil er Angst davor hatte, wie sein Chef auf diese Androhung reagieren würde. Flückiger wusste, dass Stähli sich normalerweise von niemandem etwas sagen ließ. Aber in dem Fall saß Flückiger als Seepolizeichef am längeren Hebel, weshalb Stähli es offensichtlich vorzog, keine weiteren Attacken gegen Steiner zu reiten.

Der tauchte unzufrieden aus dem Maschinenraum wieder auf. »Da unten ist alles okay.«

Während Stähli bestätigt nickte und annahm, dass damit die Bootsprüfung beendet sei, durchforstete Steiner den umfänglich ausgefüllten Bewertungsbogen auf seinem Klemmbrett und fand noch einen Posten.

»Und wo ist der Benzineinfüllstutzen?«

Stähli ignorierte Steiner nicht einmal mehr. »Das ist doch die reine Schikane! Ich weiß doch nicht, wie man da von innen drankommt.« Sein Blick zu Flückiger war auf Augenhöhe, entnervt, beinahe ein Appell.

»Dann nehmen wir eben das ganze Schiff auseinander.

Wird mir ein Vergnügen sein.« Steiner reckte sich triumphierend und ließ keinen Zweifel daran, dass er Stähli bluten lassen würde, mindestens für die Provokationen auf dem See.

»Wie ist das hier mit den Boxen? Wenn man die ausbaut, kommt man doch an den Stutzen dran, oder?« Flückiger war Weingarten, der die Situation entschärfen oder einfach nur seinen Job machen wollte, in die Pantry gefolgt und deutete auf die Lautsprecherboxen, die in die Schiffswand eingelassen waren.

Ein kurzes Zucken des linken Lids, direkt unter der Zornesader, die sich auf Stählis Stirn deutlich abzuzeichnen begann. Nur für den Bruchteil einer Sekunde. Aber Steiner registrierte alles, was Stähli tat oder sagte, sehr genau. Weingarten blickte fragend zu seinem Chef. Es sah kurz danach aus, als würde der Flückigers Vorschlag widersprechen wollen. Dann nickte Stähli, dunkel und verstimmt.

Kurt Weingarten fischte den passenden Schraubenzieher aus seiner Arbeitshose und montierte mit wenigen Handgriffen die Wandverkleidung ab. Flückiger signalisierte Stähli, dass das die letzte Aktion und die Prüfung danach beendet sein würde.

Als Weingarten die Box aus ihrer Halterung nahm, drängte Steiner ihn wie elektrisiert von der Öffnung, die in der Schiffswand entstanden war. Fuchtelnd deutete er in den Raum zwischen Außenwand des Schiffes und Pantrywand.

»Reto, schau mal, dieser Hohlraum da. Der ist aus anderem Material als der Rest. Sieht irgendwie präpariert aus.«

Hinter der Box war ein Hohlraum, okay. Aber der musste da sein, wegen dem Stutzen. Flückiger seufzte innerlich. Er verstand Marcels Akribie. Und theoretisch auch seinen Verdacht gegen Stähli. Aber hier schien er einmal mehr über das Ziel hinauszugaloppieren. Auf jeden Fall war die mühsam erarbeitete Allianz mit Stähli wieder dahin, dessen überschnappender Empörung nach zu urteilen.

»Die ganze Yacht ist ein einziger verdammter Hohlraum! Ist das neuerdings verboten?«

Bevor Stähli sich auf Steiner stürzen konnte, um ihn von der Yacht in das eiskalte Wasser des Hafenbeckens zu werfen, zumindest sah er so aus, als wäre das sein dringendstes Bedürfnis, klingelte sein Handy. Offensichtlich ein Anruf, den er erwartet hatte, so eilig, wie er ihn annahm und damit an die frostige Luft auf Deck ging.

Für Steiner war das ein weiteres Indiz dafür, dass Stähli etwas zu verbergen hatte. Vielsagend überließ er seine Taschenlampe Flückiger, damit dieser sich ein eigenes Bild von dem verdächtigen Hohlraum machen konnte.

Flückiger war sich nicht sicher. Der Raum vor dem Stutzen schien nicht weiter auffällig. Einer von unzähligen Hohlräumen auf der »Pandora«, wie auf jedem anderen Schiff.

»Das können wir nicht reklamieren.«

»Aber ich bin mir sicher, da ist mehr dahinter!«

Eines von den Dingen, die Steiner dringend noch lernen musste, war es, auf die Zwischentöne seines Vorgesetzten zu hören. Flückiger wurde ungern deutlich, aber wenn, dann saß jedes Wort wie ein Peitschenhieb.

»Marcel, jetz isch guat!«

Für den Bruchteil einer Sekunde blieb die Zeit in der mit allen Finessen des modernen Küchenlebens ausgestatteten Pantry der stolzen »Pandora« stehen. Flückiger bereute seinen Ausbruch auf vertrautem Schwyzerdütsch sofort, als Weingarten, unfreiwillig Zeuge einer nicht mehr nur beruflichen Zurechtweisung geworden, den Blick senkte, um keinen der beiden Polizisten zu brüskieren.

Steiner war erneut gedemütigt. Stählis Reaktion auf den Hohlraum war eindeutig verdächtig gewesen. Er war sich dessen ganz sicher. Und er würde Reto beweisen, dass er recht hatte.

Als Flückiger und Stähli die »Pandora« verlassen hatten, um den Papierkram im Büro der Seepolizei zu erledigen, nutzte Marcel Steiner die Gelegenheit, sich auf der Yacht nach weiteren möglichen Beweisen umzusehen. Während Weingarten in der Pantry fluchte, weil er die Box nicht wieder in ihre Halterung bekam, entdeckte Steiner auf dem Armaturenbrett im Fahrstand Stählis Handy, das er dort offensichtlich vergessen hatte. Er sah sich um. Weingarten war beschäftigt, Flückiger und Stähli nicht mehr zu sehen. Er nahm das Handy und nickte. Das neueste und teuerste Modell, das der Markt zu bieten hatte. Klar. Stähli hatte es ja.

Er vergewisserte sich, dass er wirklich unbeobachtet war, scrollte mit fliegenden Fingern durch die Kontakt- und Anruflisten, landete im SMS-Speicher, tippte auch da herum und legte das Handy dann wieder genauso hin, wie er es vorgefunden hatte.

Weingarten tauchte plötzlich wie aus dem Nichts neben ihm auf. »War sonst noch was?«

Rasender Puls und kalter Schweiß. Steiner wusste nicht, ob Weingarten ihn mit dem Handy gesehen hatte, und gab sich so beherrscht wie möglich. »Fürs Erste nicht. Danke.«

Er hielt Weingartens misstrauischem Blick stand, bis

dieser, als nichts weiter von ihm kam, zurück unter Deck ging. Steiner straffte sich und überging die körperlichen Symptome seiner Panik, die ihn bei jeder noch so geringen Gelegenheit überfallen konnte. Nach ein paar tiefen Atemzügen war er wieder ruhiger. Er kletterte von der »Pandora« auf den Bootssteg und schlug den Weg zum Büro der Seepolizei ein.

Dort tobte Stähli, weil Flückiger bei den Vorschriften keinen allzu großen Verhandlungsspielraum sah: »Haben Sie eine Ahnung, was mich das kostet, die Lärmschutzverkleidung zu verstärken? Wegen einem Dezibel! Ich steh unter Zeitdruck! Der Pegel sinkt jeden Tag!«

Die Kollegen im Großraumbüro sahen fragend in Richtung ihres Chefs. So einen Ton hätte sich einer von ihnen nicht erlauben dürfen.

Flückiger schien von Stählis Auftritt gänzlich unbeeindruckt. »Der Grenzwert, Herr Stähli, ist nicht auf meinem Mist gewachsen. Und die Toleranz habe ich eingerechnet. Fragen Sie den Weingarten.«

Stähli machte Flückigers Verweis auf seinen Vorarbeiter nur noch wilder. »Das ist ein Witz! Wegen einem Dezibel. Das ist Schikane!«

Flückiger tackerte stoisch das Prüfungsprotokoll zusammen, um es zuoberst in seinen überquellenden Ablagekorb zu legen. »Kommen Sie einfach wieder, wenn der Motor leiser ist, vorher gibt es keine Zulassung. Und damit basta.« Für ihn war der Fall erledigt.

Aber nicht für Stähli. »Ich sag Ihnen jetzt mal was, Flückiger. Es ist Ihre Privatsache, dass Sie für diesen präpotenten Grünschnabel den Papi spielen. Aber ich lass mir nicht von Ihnen auf der Nase rumtanzen, nur weil er jetzt auch bei der Seepolizei arbeitet –«

Weiter kam er nicht, weil Steiner wirklich wie ein Terrier auf ihn zuschoss. Allerdings sah es nicht so aus, als wolle er sich in Stählis Hosenbein verbeißen, sondern seinen gespitzten Zeigefinger mitten durchs dritte Auge auf dessen Stirn rammen.

»Noch ein Wort, Stähli, und ich reiß Ihnen den Arsch bis zu den Ohren auf.«

Urs Stählis Geduld war längst an ihre natürlichen Grenzen gekommen. Er drohte düster in den Raum: »Das wird Konsequenzen haben. Ich habe Kunden mit Einfluss. Das sage ich euch!«

Die Seepolizisten tauschten wissende Blicke. Immer drohten sie mit ihren Beziehungen, wenn sie bei Unregelmäßigkeiten erwischt wurden. Auch Flückiger ließ sich von Stählis Wut nicht weiter beeindrucken. Er hob lässig die Hand, den Blick bereits in neuen Unterlagen.

»Salü.«

Marcel Steiner versicherte den scheidenden Stähli mit einem letzten gehässigen Blick, dass er nicht lockerlassen würde.

Stähli stapfte wütend aus dem Gebäude der Behörde über die Bleichestraße Richtung Yachthafen. Über zwei Stunden hatte ihn die verdammte Aktion gekostet, mit dem Ergebnis, dass die Prüfung nicht durchgegangen war. Beamtenheinis! Saßen sich von seinen Steuern ihre Hintern platt und hatten nichts Besseres zu tun, als ihm in seine Arbeit zu pfuschen. Aber die würden sich noch wundern. Sein Einfluss reichte weit. Von einem schlecht erzogenen Terrier ließ er sich nicht das Geschäft kaputt machen. Und auch sonst von niemandem.

Die Fahrt zurück mit Weingarten in die Werft verlief schweigend. Weingarten werkelte an Deck; Stähli steuerte das Boot von der Flybridge aus. Er brauchte jetzt frische Luft, auch wenn es saukalt war.

Der Nebel über dem See hatte sich etwas gelichtet, das Licht der Sonne schillerte durch die zerlöcherte Wolkendecke grünlich phosphoreszierend in der beginnenden Dämmerung. Jeder Tag am See war anders. Manchmal wechselte die Stimmung stündlich.

Weingarten ging mit routinierten Bewegungen seiner Arbeit nach. Sein bester Mann. Stähli dachte an Beate, seine Frau, und Paula, seine Tochter. Die Kleine kränkelte ziemlich in den letzten Tagen. Das Wetter setzte ihnen allen zu.

Er schüttelte seinen Ärger über Steiner energisch ab. Er brauchte seine Kraft für die Dinge, die vor ihm lagen. Tief und begehrlich atmete er die feuchte Nebelluft ein und blickte auf die beruhigende Weite des Sees.

ZWEI

Beate Stähli spielte müde mit ihrer Tochter. Paula war gerade acht Monate alt geworden; sie konnte krabbeln, greifen, Töne blubbern, war hinreißend, wie das alle Kinder in diesem Alter sind. Auf den ersten Blick ganz die Mama, ebenso blond, blass, fast durchscheinend. Nicht vorstellbar, wie anstrengend die letzten Tage gewesen waren, als das Kind gefiebert und ununterbrochen geweint hatte.

Beate liebte ihre Tochter und hielt sich für sehr belastbar. Aber nun war sie in einem Ausmaß erschöpft, das sie erschreckte. Die Geburt war riskant gewesen, sie hatte noch lange danach im Spital bleiben müssen. Der Alltag mit dem Kind ermüdete sie. Dazu das große Haus, das mit seinen offenen Räumen und Designermöbeln nicht gerade kindgerecht ausgestattet war und sie auch im Sommer immer leicht frösteln ließ.

Sie hörte Urs mit dem Wagen vorfahren. So früh war er lange nicht mehr nach Hause gekommen. Sie nahm Paula von ihrer Krabbeldecke hoch auf den Arm und ging mit ihr zur Haustür.

Urs Stähli stieg aus seinem wenig familienfreundlichen Cabrio, ein Porsche 911 Carrera, den er längst über den Winter hätte abmelden sollen, aber auf eine geradezu trotzige Weise verweigerte er den Behördengang in diesem Jahr. Er sah mit Stolz auf sein Haus, das nach seinen Entwürfen gebaut worden war. Kühl, mit viel Glas und klaren Linien. Die Schule der jungen Vorarlberger Architektenelite.

Ein klares Statement, dass Stähli, der Bergler, es zu etwas gebracht hatte, über den Thurgauer Tellerrand hinaus. Weil er mutig war, sich nichts vorschreiben ließ und seinen eigenen Weg ging.

Obwohl Stähli den Anblick seines Hauses liebte, runzelte er unwillig die Stirn bei dem Gedanken an das, was ihm in seinem perfekt eingerichteten Leben zu entgleiten drohte. Er sah Beates Silhouette in der Glaseinfassung der Haustür. Sie hatte das Kind auf dem Arm. Er musste sich zusammenreißen. Durfte die beiden mit seinem Unmut nicht irritieren.

Er ging zum Briefkasten vor dem Haus und holte die Post: Werbung, Rechnungen und ein Brief, den er erwartet hatte. Gut, dass sie ihre Aufgaben so genau verteilt hatten. Sie kümmerte sich um Haus und Kind. Er erledigte alles Geschäftliche. Dazu gehörte auch ihre Korrespondenz. Er wollte sich nicht ausmalen, was passiert wäre, wenn Beate heute, gegen ihre Gewohnheit, zufällig die Post hereingeholt hätte.

Als er hörte, wie sie die Haustür öffnete, steckte er den Brief unauffällig in seine Jackentasche. Beate sah ausgezehrt aus, wie sie da mit Paula in der Tür stand und ihm verhalten zulächelte. In ihrer Tür. So, wie das Haus Ausdruck seiner Vorstellung von Ästhetik war, war die Gestaltung der Tür Beates eisern durchgesetzter Beitrag zum Gesamtkunstwerk. Er hatte sich schließlich gefügt, auch wenn er sich an den Anblick nicht gewöhnen mochte.

Statt eines Knaufs oder einer Klinke passend zum modisch grauen Designverständnis der reduzierten Form des Hauses prangte eine bronzene Karyatide in Form einer Meerjungfrau an der ansonsten schlichten Holztür.

Beate hatte sich diesen Stilbruch gewünscht. Sie war ganz elektrisiert gewesen, als sie die sinnliche mittelalterliche Figur bei einem Antiquitätenhändler in Zürich entdeckt hatte. Eine eigenwillige Wahl, die zu der klar strukturierten Buchhalterin, als die er sie in seiner Firma kennengelernt hatte, nicht so recht passen wollte.

Sie hatte ihn von Anfang an gereizt. Die Mischung aus Zerbrechlichkeit und einem unbeugbaren Willen. Er musste lange um sie werben. Seit vier Jahren waren sie verheiratet. In den letzten Monaten war sie noch schmaler geworden. Das Kind hatte sie förmlich ausgesaugt, und es gelang ihr nicht, obwohl sie seit zwei Monaten abgestillt hatte, wieder an Gewicht zuzulegen.

»Hallo, Schatz.« Stähli ging auf das Haus zu. Beate begrüßte ihn mit einem matten Kuss.

»Na, bist du schon da?«

Er erwiderte den Kuss, kniff dann Paula in ihr dickes Bäckchen. »Es ist etwas früher geworden, aber ich muss nachher noch mal ins Büro.«

Paula strahlte ihren Vater überwältigt an.

»Hallo, kleine Maus. Hast du mich vermisst?«

Ohne Paulas Brabbelantwort abzuwarten, eilte Stähli ins Innere des Hauses. Beate sah die völlig vorwurfsfreie, absichtslose, sich selbst genügende Verwunderung auf dem samtig-runden Gesicht ihrer Tochter, lächelte ihr müde zu und schloss die Tür wieder.

DREI

Klara Blum stand warm verpackt am Ufer und genoss die sanften Geräusche des nachtschwarzen Sees. Sie atmete tief ein und aus. Die Anspannung des langen Arbeitstages löste sich mit jedem Wellenschlag, der matt ans Ufer schwappte. Sie fröstelte und zog ihre Jacke enger um den Körper. Die Fenster ihres Hauses, das über dem Uferweg auf einer kleinen Anhöhe lag, waren heimelig erleuchtet und verhießen einen ruhigen Abend mit einem guten Buch und ein, zwei Gläsern Wein.

Zuvor musste sie allerdings Brennholz hacken. Das hatte sie sich seit Tagen vorgenommen, und nun waren die Vorräte für ihren Bullerofen endgültig erschöpft. Wenn sie es in ihren hohen Räumen wirklich warm haben wollte, reichte die Leistung der alten Heizkörper bei Weitem nicht aus. Den Vorsatz, das Haus endlich umweltfreundlich isolieren zu lassen, schob sie seit Jahren vor sich her.

Sie ging zu ihrem Schuppen, griff zur Axt und stellte seufzend das erste dicke Scheit auf den Pflock. Eigentlich mochte sie das: dumpf und rhythmisch Holz zu schlagen, um dann den vollen Korb ins Haus zu tragen. Das gab ihr das Gefühl von richtiger Arbeit mit sichtbarem Ergebnis. Ein willkommener Kontrast zu den oft fruchtlosen Ermittlungen im Präsidium. Außerdem konnte sie ihre Gedanken ziellos in alle Richtungen laufen lassen.

Ein richtiger Kamin statt des Holzofens wäre vielleicht eine Alternative zu einer grundlegenden Isolierung. Allerdings würde so ein Einbau dauern. Und viel billiger wäre er wohl auch nicht. Aber nach irgendeiner Veränderung sehnte sich Klara. Vielleicht sollte sie sich gleich eine neue Bleibe suchen. Wie lange wohnte sie jetzt schon hier? Oder doch richtig in den Süden?

Mechanisch hackte Klara die groben Scheite in handlichere Stücke. Dann hielt sie inne und gähnte. Es war acht Uhr abends. Eine Stunde wollte sie durchhalten. Und sich dabei überlegen, wie sie sich den nahen Winter trotz Kälte und Dunkelheit so angenehm wie möglich machen könnte.

***

Am gegenüberliegenden Schweizer Ufer des Sees flackerte über die Stege des kleinen Hafens, der zur Stähli-Werft gehörte, das Licht einer Taschenlampe. Urs Stähli versicherte sich, dass ihm niemand gefolgt war, ging dann an Bord der »Pandora« und machte die Leinen los. Seine Bewegungen waren ruhig und präzise.

Der See lag still in Nebel eingehüllt. Behutsam startete Stähli die »Pandora« und glitt aus dem Werfthafen hinaus aufs Wasser. Sein Blick lag konzentriert auf dem Radarschirm. Er hatte ein klares Ziel, aber die Gedanken in ihm überstürzten sich. Es war der Brief, der ihn so aufwühlte.

Er musste die Dinge eines nach dem anderen erledigen. So, wie er das immer machte. Die nächtliche Tour forderte jetzt seine Aufmerksamkeit. Um den Brief würde er sich später kümmern. Er hatte ihn im Haus sicher verwahrt.

Der Nebel waberte undurchdringlich auf der Oberfläche des Sees. Als führe man in eine endlose milchig weiße Wand. Stähli richtete den Blick geradeaus ins Nichts.

***

Zur selben Zeit, in einem Zimmer, das vom mageren Licht einer Schreibtischlampe nur unzureichend erhellt war, konzentrierte sich ein anderer Blick auf den Bildschirm eines Computers. Die Wände des Zimmers waren mit Zeitungsausschnitten übersät. Auf dem Bildschirm öffnete sich eine Seite, die ein Paar von hinten, Arm in Arm, im Fadenkreuz des Suchers einer Kamera zeigte. Der Name der Seite: »www.ehebruch.ch«. Das Versprechen des Anbieters: »Loyalität gegenüber den Klienten ist unsere höchste Maxime.«

Nach Eingabe von Kennung, Passwort, Handynummer und Standort erschien ein roter Punkt in dem Fadenkreuz, das nun nicht mehr das verliebte Paar im Visier hatte, sondern eine Hafenanlage aus Satellitenperspektive. Der Punkt bewegte sich langsam aus dem Hafen hinaus. Die Hand, die die Daten auf der Tastatur eingegeben hatte, griff zum Deckel des Laptops und klappte ihn zu. Die Person, zu der Blick und Hand gehörten, hatte genug gesehen. Es war Zeit, zu handeln. Sie stand auf, nahm ihre Jacke und ging.

***

Klara hackte zunehmend lustloser Holz. Der Korb mit Scheiten war erst halb voll. Ihr war kalt. Sie wollte ins Haus. Aber sie wusste, wenn sie jetzt nicht durchhielt, würde der Vorrat nicht lange reichen. Sie verfluchte ihren Job, der sie immer wieder über die üblichen Bürozeiten hinaus an ihren Schreibtisch festnagelte. Dabei hatte sie sich heute wirklich vorgenommen, früher Schluss zu machen, um die leidige Spalterei hinter sich zu bringen, bevor der Schnee, der für die nächste Woche angekündigt war, die Arbeit noch unangenehmer machen würde.

Dafür wäre jetzt ein Mann nicht schlecht. Sie würde in der Küche bei einem Glas Riesling im Steinpilzrisotto rühren, während von draußen die regelmäßigen Schläge der Axt versöhnlich an ihr Ohr drangen. Er käme nach getaner Arbeit ins Haus, sie würden zusammen essen, sich unterhalten. Wahrscheinlich käme sie nicht dazu, in Ruhe ihr Buch zu lesen. Vielleicht hätten sie sich aber auch nicht viel zu sagen.

Klara hielt mit dem Hacken inne. Sie hatte sich im Lauf der Jahre an das Alleinleben gewöhnt und kam damit klar. Warum jetzt plötzlich diese Gedanken? Bevor sie weiter darüber grübeln konnte, hörte sie das Tuckern eines Motors auf dem See. Ungewöhnlich für die Jahreszeit und die schlechte Sicht. Wer war da jetzt noch draußen?

***

Im Fahrstand der »Pandora« gab Urs Stähli seine angestrengten Versuche auf, trotz dichten Nebels auf der Wasseroberfläche etwas zu erkennen. Er lenkte seinen Blick zurück auf den Radarschirm. Ausgerechnet heute musste die Suppe so dick sein. Einesteils war es gut für den Deal. Aber er war müde und in Gedanken trotz aller Versuche, sich zu disziplinieren, nicht bei der Sache. Wenn jetzt etwas schiefging, wäre das ganz schlechtes Timing.

Die Yacht war sicher an der Plattform vertäut. Jetzt mussten sie nur noch kommen. Er hypnotisierte den Radar und sah endlich, worauf er die ganze Zeit gewartet hatte. Auf dem Schirm bewegte sich ein Punkt auf die »Pandora« zu. Stähli ging, nun wieder hellwach, hinaus an die Reling. Ein Motorboot tauchte aus dem Nebel auf und steuerte längsseits backbord auf die Yacht zu.

Stähli kniff die Augen zusammen, um zu erkennen, wer

in dem Boot war. Zwei Männer, einer groß mit trotz Dunkelheit leuchtend blonden Locken. Der andere dunkel über das Steuer gebeugt. Stähli zögerte kurz. Den Dunklen kannte er nicht. Als er sah, dass der Blonde ihm einen Stahlkoffer entgegenhielt, entspannte er sich wieder. Alles schien nach Plan zu laufen. Er streckte die Hand über die Reling nach dem Koffer aus.

»Diesmal sind es sechs Millionen.«

Stähli erwischte den Koffer mit einem gezielten Griff. Er machte das nicht zum ersten Mal.

»Okay.«

Er nickte den Männern zu und verschwand eilig unter Deck. In der Kabine, die zuunterst im Rumpf des Schiffes lag, löste er eine Verschalung, die Steiner bei seiner überbordenden Inspektion erfreulicherweise übersehen hatte, und grinste zufrieden. Wenn der Neurotiker wüsste, wie recht Stähli mit seiner Bemerkung hatte, dass dieses Schiff ein einziger Hohlraum war. Hier in der Kabine hinter der Verschalung war genau der Platz, den er für den Stahlkoffer brauchte. Ein absolut sicheres Versteck. Steiner musste schon früher aufstehen, um einen wie ihn dranzukriegen.

Stähli spürte das Adrenalin durch seine Adern pulsieren. Der ganze beschissene Druck dieses verkorksten Tages fiel von ihm ab. Ab jetzt hieß es nur noch nach vorn sehen. Stähli wollte die Verschalung wieder anmontieren, als er durch eine unerwartete schlingernde Bewegung der Yacht für einen Moment aus dem Gleichgewicht geriet. Er hielt inne und horchte. Als nichts weiter geschah, setzte er den Schraubenzieher wieder an der Verschalung an.

Ein schleifendes Geräusch ließ ihn erneut zusammenfahren. Er spürte, wie die Angst in seinen Nacken fuhr und sein Herz zu rasen begann. Da war jemand.

Er stand regungslos, quälende Sekunden lang. Um ihn war alles still. Nur das sanfte Gluckern der Wellen, die an den Bug der »Pandora« schlugen.

Wahrscheinlich spielten ihm nur seine Nerven einen Streich. Dennoch schlich Stähli lautlos zur Kajütentür und spähte in den Salon. Dort war alles ruhig. Er horchte. Nichts. Er ging zurück in die Kabine und machte sich wieder an die Abdeckung. Nach einer halben Umdrehung ließ er den Schraubenzieher sinken.

Diesmal hatte er sicher ein Geräusch gehört. Das Knarzen von Gummi, Schritte, etwas in der Art. Er wusste nun sicher, dass er auf der »Pandora« nicht länger allein war.

Er schluckte seine Angst, so gut es ging. Im Rumpf konnte er nicht bleiben. Er musste raus, sehen, was los war. Ihm konnte keiner was. Er würde auch mit dieser Situation klarkommen. Er musste nur schneller sein als der Eindringling und ihn überwältigen. Oder waren es zwei? Wenn der unbekannte Dunkle den Blonden überredet hatte? Sechs Millionen konnten einen schon mal auf dumme Gedanken bringen.

Stähli atmete trotz höchster Erregung kaum hörbar und arbeitete sich durch den Salon Richtung Fahrstand vor. Angespannt darum bemüht, sich durch keine unbedachte Bewegung zu verraten, öffnete er den Sicherheitskasten und holte die Kassette mit den Leuchtraketen heraus. Er legte eine Patrone in die Pistole und fühlte sich wieder sicherer. Pistole war immer gut. Funktionierte in jedem Krimi.

Er drehte sich um, bereit für den Feind. Und erstarrte.

***

Klara hatte sich alle weiteren Gedanken über ihr Leben allein oder zu zweit verboten und hackte verdrossen auf das nächste Scheit ein, als ein zischendes Geräusch die samtige Ruhe über dem See zerschnitt. Instinktiv blickte sie zum Himmel und sah die rot glühende Kugel einer Leuchtrakete in weitem Bogen über den nachtschwarzen Himmel gleißen. Die Kugel wurde größer und heller, bis sie plötzlich im Sinkflug noch vor Erreichen der Wasseroberfläche erlosch. In der Ferne bellte ein Hund. Vielleicht war das ja das Zeichen, auf das Klara gewartet hatte. Jedenfalls packte sie den Korb mit dem Ofenholz und stiefelte entschlossen zum Haus.

Die Wärme darin, obwohl der Ofen noch gar nicht angeworfen war, tat gut. Sie war viel zu lange draußen geblieben. Aber der Blick auf den Korb randvoll mit Scheiten erfüllte sie mit Stolz und Befriedigung. Sie zog ihre klamme Jacke aus, hängte sie an die Garderobe und machte sich auf die Suche nach ihrem Telefon. Irgendwas musste auf dem See passiert sein.

Sie hatte gleich ein ungutes Gefühl gehabt, als sie den Schiffsmotor gehört hatte. Unsere Intuition stimmt immer. Behauptete jedenfalls Klaras Psychologinnen-Freundin Johanna. Und riet ihr zu jeder passenden und unpassenden Gelegenheit, auf ihren Bauch zu hören. Klara fluchte, weil sie ihr Telefon nicht fand. Handy, durchzuckte es sie. Sie fischte es aus der Jacke an der Garderobe und drückte auf eine eingespeicherte Nummer.

»Wasserschutzpolizei Konstanz.«

Klara lächelte. Der diensthabende Beamte, Walter, war ihr klarer Lieblingswasserschutzpolizist, weil er ausgesprochen etwas von Tee verstand.

»Walter, ich bin's, Klara.«

Walter freute sich ebenfalls. Seine Leidenschaft für Tee

war sonst eher Anlass für ironische Bemerkungen unter den Kollegen. »Hallo, Klara.«

Klara blickte aus dem Wohnzimmerfenster hinaus auf den See, wo wieder alles friedlich und ruhig schien. »Du, ich hab ein Seenotsignal gesehen. Rote Leuchtmunition.«

Walter wusste bereits Bescheid. »Das ist schon in Arbeit. Die Schweizer Kollegen fahren den Einsatz, weil die erste Meldung aus Kreuzlingen kam.«

Klara, deren Körpertemperatur nach der schweißtreibenden Hackerei langsam absank, fröstelte. »Na ja, sei froh, dass du bei diesen Temperaturen nicht rausmusst.« Sie ging zum Korb mit den Scheiten. Zeit, richtig einzuheizen. Sie wollte jetzt wirklich endlich lesen und ein Glas von dem Brunello genießen, den sie Perlmann nach seiner Spritztour in die Toskana abluchsen konnte. Aber Walter am anderen Ende der Leitung hatte noch Fragen.

»Wie weit, schätzt du, war das Signal entfernt?«

Das Handy unter das Kinn geklemmt suchte Klara in dem Korb nach dem besten Holz zum Anfeuern. »Kann ich schwer sagen.«

Walter blieb hartnäckig. »Und die Richtung?«

Sie nahm sich die für gut befundenen Scheite. »Also von meinem Haus aus gesehen grob Münsterlingen.« Sie sah zum Fenster Richtung Münsterlingen und überlegte, ob diese Angabe auch präzise war.

»Danke, Klara. Schönen Feierabend noch.«

Walter war nicht nur ein Teekenner, sondern insgesamt ein feiner Mensch mit warmer Stimme und Umgangsformen. Er hatte es verdient, dass sie sich freundlich verabschiedete. »Dir eine ruhige Nacht. Tschüss.« Klara legte mit einem Lächeln auf, schichtete das Holz in den Kaminofen und griff nach den langen Streichhölzern.

Als der Zündkopf über die Reibefläche glitt und sich

entflammte, sah Klara die Leuchtkugel über dem vernebelten Himmel noch einmal vor sich. Was immer draußen auf dem See vorgefallen war, es war nicht ihr Problem. Sie freute sich auf einen ruhigen Abend und ihr Buch. Obwohl sie schon jetzt spürte, dass ihre Armmuskeln empfindlich schmerzten wegen der ungewohnten Hackerei.

VIER

Im nächtlichen Yachthafen in Kreuzlingen sprang Reto Flückiger einsatzbereit vom Steg der Wasserpolizei auf die Targa, auf der Marcel Steiner bereits dabei war, die Leinen zu lösen.

»Erster!« Steiner grinste seinen Chef triumphierend an.

Flückiger konterte mild ironisch: »Kompliment. Das hast du noch nie geschafft. Dafür zahl ich dir einen.«

Marcel salutierte, eher unbeholfen als ironisch, und begann, die Taue fachgerecht aufzurollen. »Wohin fahren wir?«, fragte er.

Flückiger, der gerade in den Fahrstand wollte, drehte sich noch mal zu ihm um. »Die meisten Anrufe kamen aus Münsterlingen. Mal schauen, was wir auf dem Radar haben.«

Der Motor der Targa sprang wie immer zuverlässig an. Flückiger kontrollierte die Steuerinstrumente, während er in routiniertem Bogen rückwärts vom Anlegesteg zur Mitte des Hafenbeckens navigierte, um von dort Gas zu geben und mit Einsatztempo aus dem Hafen auszulaufen. Trotz Eiseskälte blieb Steiner draußen am Bug und starrte in das undurchdringliche Dunkel, als wollte er so auch dem Radar dabei zuvorkommen, den Anlass für ihre nächtliche Ausfahrt zu orten.

Flückiger gähnte. Der Tag war lang gewesen, und er hatte sich eigentlich auf einen ruhigen Abend gefreut.

Die Sicht auf dem See war katastrophal. Er wunderte sich, dass nach der Leuchtrakete kein Funkruf von dem Schiff eingegangen war, das die Rakete abgeschossen hatte. Und er fröstelte beim Anblick von Marcel, der am Bug wie festgemeißelt stand.

***

Klara hatte es sich mit Buch und Wein auf ihrer hellen Couch im Wohnzimmer gemütlich gemacht. Im Ofen knackte das Feuer. Schöner wohnen für Fortgeschrittene. Schöner wohnen, das die Existenz abgelöst hat wie der Spaß die Hoffnung. Hatte der Autor, mit dem Klara den restlichen Abend verbringen wollte, einmal geschrieben. Er war ein hiesiger, zumindest fast, oberschwäbisch-alemannisch, allerdings kein Seehas, sondern aus dem Hinterland. Büchner-Preisträger, demnächst bekam er den von Kleist.

Klara war bei seiner Lesung bei den Konstanzer Literaturtagen gewesen, zusammen mit Johanna, und hatte sich gleich das neueste Buch gekauft, obwohl es eigentlich drei alte waren, in einem Band, überarbeitet plus eine neue Geschichte.

Vom Autor für sie persönlich signiert, mit reserviertem Lächeln, das ihr geradezu herzlich vorkam, wenn sie an die trockene Melancholie seiner Texte dachte. Und wie sie immer wieder meinte, dass er ihr beim Leben über die Schulter schaute, um dann darüber zu schreiben. So wie gerade: »Wir wollen ankommen bei denen, die uns verlassen-haben-werden. Allein unser Ausgehgesicht, unsere Reisemiene kennen wir voneinander. Wie es bei uns zu Hause ist, wissen wir nicht. Wie wir in unseren eigenen vier Wänden sitzen, in unseren Wänden, wie wir da nach dem Rotweinglas greifen.«

Klara griff automatisch nach ihrem Rotweinglas. Der Brunello war köstlich. Geschmack hatte Perlmann, das musste man ihm lassen. Sie vertiefte sich in das Wunder der Sprache auf den Seiten des neuen alten Buches, als sie ein klirrendes Geräusch an ihrer Haustür hörte. Sie horchte auf und runzelte die Stirn, als ob sie so besser hören könnte. Da war eindeutig jemand auf der Treppe zu ihrem Haus. Nur dass sie niemanden erwartete.

Lautlos stand sie auf und ging auf Zehenspitzen zur Wohnzimmertür, nicht ohne beim Ofen aus dem Korb das größte Scheit zu angeln. Sie umklammerte es wehrhaft mit der rechten Hand, als sie über den Flur weiter zur Haustür schlich und diese, plötzlich und entschieden, aufriss, bereit, mit ihrem Scheit kraftvoll zuzuschlagen, wenn es nötig sein sollte.

Es war nicht nötig.

Vor ihr kauerte bleich und schwer betrunken Perlmann und versuchte schwankend, den Topf mit Heidekraut, den er von dem Mäuerchen vor ihrem Eingang gefegt hatte, wieder zusammenzuklauben. Klara konnte sich seinen späten Besuch nicht so ganz erklären.

»Perlmann, ist was passiert?«

Perlmann versuchte, Klara mit Silberblick zu fokussieren.

»Eben nichts!« Er stellte den angesprungenen Topf zurück auf die Einfassung. Leider so ungeschickt, dass er erneut fiel und gänzlich zerbrach. »Entschuldigung.« Perlmann torkelte zerknirscht ins Haus.

Klara hielt kurz die Luft an, als seine gewaltige Fahne ihre Nase streifte.

»Gar nichts ist passiert. *Nada. Niente. Nothing.* Gar nichts.«

Ihr Assistent ließ sich frustriert aufs Sofa fallen und griff ungelenk nach ihrem Wein. Klara versuchte, ihm das Glas wieder abzunehmen. Das helle Sofa.

»Du bist ja total besoffen.«

Perlmann war trotz nicht mehr ganz nüchterner Verfassung schneller und kippte den guten Tropfen fatalistisch auf ex in sich hinein.

»Ich hab noch nie so lange, so ... aufrichtig und ausschließlich, ernsthaft an eine Frau hingegraben. Aber! Sie! Will! Nicht!«

»Johanna?«

Perlmann griff aufgebracht zur Weinflasche, die neben Klaras Buch auf dem Couchtisch stand. »Ja, natürlich Johanna! Ihre Freundin Johanna. Die nimmt mich nicht mal richtig ernst. Ich betrink mich jetzt.« Er setzte zu allem entschlossen die Flasche an.

»Nicht mehr nötig, hm?« Klara nahm ihm die Flasche wieder ab und stellte sie fürsorglich außer Reichweite. Ihr mächtig betanktes Perlchen sah aus, als würde es gleich in Tränen ausbrechen.

Sie verkniff sich ein Schmunzeln, das ihn verletzen könnte, weil er es in der für ihn fatalen Situation wahrscheinlich nicht angemessen finden würde. Aber es war schon von besonderem Reiz, dass ihr erfolgsgewohnter Kollege sich ausgerechnet an Johanna abarbeitete. Psychologin, alleinerziehende Mutter von zwei Kindern, deutlich älter als er. Klara hatte sich sein Beuteschema weniger komplex vorgestellt und ihm das auch ganz klar gesagt, als er ihr seine Neigung für Johanna in einem schwachen Moment gestanden hatte: »Johanna ist 'ne Frau und nicht das keimfreie Imitat einer Barbiepuppe, auf die du sonst stehst.«

Perlmann war nach seiner erneuten Abfuhr für seine Verhältnisse ernsthaft verzweifelt.

»Was hat sie denn? Ich versteh sie nicht. Was will sie?« Er fixierte Klara voller Selbstmitleid. »Ich hab doch auch einiges.«

Klara blickte ablenkend in ihr Buch, weil sie nun doch ziemlich breit grinsen musste. Diskussionen über ihre Meinung zu seinen Qualitäten in der Verfassung, in der er sich gerade befand, konnten nur schiefgehen.

Perlmann zog benebelt die falschen Schlüsse. »Ich langweile Sie, oder? Nur weil Sie das ganze Thema schon durchhaben, Liebe und so?«

Klara verging ihr wohlwollendes Lächeln augenblicklich. Wenn Perlmann eine Stärke hatte, dann die für jedes verfügbare Fettnäpfchen in der näheren und weiteren Umgebung. Da halfen auch sein Welpenblick und sein gekonnt eingesetzter Schmollmund in keiner Richtung weiter.

Klara war schlicht und einfach sauer. »Wenn du jetzt nüchtern wärst, dann würde ich dir den Arsch versohlen.«

Perlmann zuckte schuldbewusst zusammen und machte Anstalten, etwas zu sagen, vielleicht eine Entschuldigung für die verbale Entgleisung. Aber irgendwie mochten die rechten Worte in seinem benebelten Gehirn nicht zueinanderfinden, oder seine Zunge war plötzlich zu schwer. Jedenfalls ließ er sich melodramatisch in die Polster sinken und schloss übergangslos die Augen.

Das war's dann mit dem erbaulichen Leseabend. Immer kam einem das Leben in die Quere. Klara blickte auf den schnorchelnden Perlmann und wusste einmal mehr, warum Bücher ihre Leidenschaft waren.

***

Auf dem See war Marcel Steiner schließlich doch vor der Kälte zu Flückiger in den Fahrstand geflohen. Der Radar war ruhig, der Nebel weiterhin so dicht, dass sie wie in einer Wolke fuhren. Steiner funkte die Kollegen auf dem Festland an.

»Bis jetzt können wir nichts finden. Außer den Fähren ist niemand unterwegs. Nicht einmal ein Berufsfischer.«

Er hatte plötzlich eine Idee. »Kann es sein, dass es gerade eine Truppenübung gibt? Die verwenden ja manchmal Leuchtraketen, oder? Antworten.«

Das Festland meldete sich umgehend. »Möglich, wir klären das.«

Steiner bestätigte den Erhalt der Nachricht. Flückiger hatte bereits eine eigene Theorie entwickelt.

»Oder irgendein Depp hat seine vorigen Silvesterraketen verpulvert. Na ja, auch nicht das erste Mal, oder?«

So eifrig, wie Steiner nickte, schien er genauso wie Flückiger die Nase voll von dem fruchtlosen Einsatz zu haben. »Sollen wir umkehren?«, fragte er.

Flückiger nickte dankbar. Er sehnte sich nach seinem Bett und griff ins Steuer, um beizudrehen, als er eine Veränderung auf dem Radar bemerkte.

»Wart mal. Da.«

Steiner sah den Punkt auch, der plötzlich auf dem Schirm aufgetaucht war. Er griff nach dem Fernglas. Die dunstige Wand riss backbord ein wenig auf und gab den Blick frei auf den markanten blau-weißen Rumpf eines Kajütenbootes, das den Sichtverhältnissen angepasst mit gedrosseltem Tempo Richtung Kreuzlinger Ufer unterwegs war.

»Das ist Kurt Weingarten von heute Morgen, der von der Stähli-Werft. Sieht nicht so aus, als ob der in Seenot ist.« Steiner ließ das Fernglas wieder sinken.

Aller Müdigkeit zum Trotz beschloss Flückiger, auf Nummer sicher zu gehen. »Lass uns das schnell überprüfen. Geh mal raus.«

Steiner warf sich die Sicherheitsweste wieder über und ging aus dem Fahrstand über das Deck zum Bug der Targa. Flückiger drosselte das Tempo. Weingarten wurde ebenfalls langsamer. Die beiden Boote gingen längsseits, und Steiner rief Weingarten seine Fragen zu.

Flückiger verstand zwar kein Wort von dem, was da draußen gesprochen wurde, aber viel hatten sich die beiden offensichtlich nicht zu sagen. Weingarten drehte bereits wieder bei und wurde bald vom Nebel verschluckt, während Steiner zurück in den Fahrstand kam.

»Er sagt, er kommt grad aus Konstanz. Er hat das Signal auch gesehen. Aber er ist sich sicher, dass es vom Schweizer Ufer kam.«

Sie hatten sich also umsonst die halbe Nacht auf dem See um die Ohren geschlagen. »Dann war das wohl ein Fehlalarm. Er kennt den See wie seine Westentasche.« Flückiger legte grimmig das Steuer um.

In Steiner arbeitete es. »Was macht der um diese Zeit mit dem eigenen Boot auf dem See? Ist doch komisch.«

Flückiger befürchtete eine weitere von Steiners Verschwörungstheorien, als sich freundlicherweise die Kollegen am Ufer erneut über Funk meldeten.

»Wir haben jetzt Rückmeldung von der Armee. Die machen tatsächlich gerade eine Truppenübung.«

Auf die Idee hätten sie auch früher kommen können. Flückiger beschloss, sich nicht weiter aufzuregen. »Verstanden. Etwas Ähnliches hat uns ein Bootsführer auch gerade bestätigt. Wir brechen den Einsatz ab. Schluss.« Die Aussicht auf ein Absackerbier und sein Bett beflügelte ihn. Er nahm Kurs auf den Heimathafen, als Steiner erregt auf den Radar deutete, auf dem er Weingartens Route verfolgt hatte.

»Hey, schau mal, der fährt in die Werft. Komm, wir fahren ihm nach!«

Er hatte wieder diesen flackernden Blick in den Augen, fast schon ein bisschen irre. Flückiger musste ihn endlich zur Vernunft bringen und ihm seine Grenzen aufzeigen. Und zwar in aller Deutlichkeit.

»Spinnst eigentlich? So langsam übertreibst du es mit deinem Misstrauen gegenüber Stähli.«

Steiner zuckte zusammen. Er war es nicht gewohnt, von Flückiger kritisiert zu werden. Heute war es bereits zum zweiten Mal passiert. Er beschloss, die Klappe zu halten, um seinen Chef nicht noch mehr zu verärgern. Sein Blick wanderte wieder zum Radar. Darauf lief Weingarten eben in den Hafen der Stähli-Werft ein.

FÜNF

Am nächsten Morgen war der Nebel wie weggepustet. Der Himmel schimmerte im Licht der aufgehenden Sonne in zartem Rosa. Das Wasser des Sees lag glatt, fast wie ein Spiegel. Die Stimmung war ruhig und friedlich. Selbst die Möwen schienen sich beim Kreischen zurückzuhalten. Nur aus Klaras Haus, besser gesagt ihrem Wohnzimmer klang ein Geräusch, das die Idylle des beginnenden 3. Novembers empfindlich störte.

Perlmann lag, wie er sich am Vorabend hingegossen hatte, vollständig bekleidet auf dem Rücken auf Klaras hübschem Sofa und schnarchte röhrend. Die Luft in den hohen, großzügig geschnittenen Räumen des Erdgeschosses war zum Schneiden, scharf, hochprozentig, mit Ausdünstungen durchsetzt, die man beim immer wie aus dem Ei gepellten Perlmann so nicht vermutet hätte.

Aus ihrem Schlafzimmer kommend folgte Klara ihrer abwehrend gekräuselten Nase die Treppe hinunter ins Wohnzimmer. Perlmanns Anblick erschütterte sie beinahe. Und im nahezu selben Moment fragte sie sich, wann sie das letzte Mal aus verschmähter Liebe so filmreif gelitten hatte. Sie wollte Perlmanns Kummer nicht geringschätzen. Für ihn war es bestimmt wirklich schlimm, dass er vom Objekt seiner Begierde nicht erhört wurde. Aber Klara, vielleicht weil sie dieses Buch las, war plötzlich pingelig, was die Beschaffenheit von Gefühlen und menschlichen Beziehungen anging.

Sie blickte zum Sekretär am Fenster, auf dem Martins Bild in dem Silberrahmen stand, den sie vor Urzeiten mit ihm in Amsterdam erstanden hatte. Ihm war es damals peinlich gewesen, wie gnadenlos sie den Preis heruntergehandelt hatte. Sie waren nicht immer einer Meinung gewesen. Aber ein gutes Team.

Ein Sonnenstrahl strich über ihr Gesicht. Sie sah erst jetzt, wie anmutig und klar dieser Tag begann, und öffnete lächelnd die Terrassentür. Die Sonne wärmte zwar kaum mehr, aber sie leuchtete hell und kraftvoll. Klara ließ den Blick über den See schweifen. Was für ein herrlicher Morgen.

Sie wollte die Augen schließen, um ihrer Lieblingsbeschäftigung nachzugehen und tief ein- und auszuatmen. Aber da schaukelte etwas Großes und um diese Jahreszeit nicht dorthin Gehörendes an der Plattform weit draußen auf dem See. Klara verschob das Genießen auf später und erinnerte sich an den Schiffsmotor, den sie am Abend zuvor gehört hatte, und an die Leuchtrakete. Eine Vorahnung beschlich sie. Sie nahm das Fernglas von ihrem Sekretär und betrachtete die Yacht, die an der Plattform dümpelte, genauer. Sie lag ganz friedlich. An Deck rührte sich nichts.

Wer schipperte im November nach Einbruch der Dunkelheit mit einer Yacht auf dem See und übernachtete darauf? Noch dazu, wo der Wasserstand in diesem Jahr besonders zügig im Sinken begriffen war. Wenn sich da einer nicht auskannte, lief er mit so einem Luxusgefährt schnell auf Grund.

Klara ging zurück in die Wohnung. Die Terrassentür ließ sie trotz der frostigen Morgenluft weit geöffnet, damit Perlmanns spezielle Duftnote möglichst schnell neutralisiert würde. In der Diele schlüpfte sie in ihre Gummistiefel, warf den plüschgefütterten Parka über und schlang einen warmen Schal um ihren Hals.

Sie ging über den Uferweg hinunter zum See. Dort

wartete seit dem Frühjahr ihr alter Holzkahn »Hugo« mit hochgeklapptem Außenbordmotor. Endlich kam er mal zum Einsatz, die treue Seele. Klara war in diesem Sommer lieber segeln gewesen. *Mit*segeln. Sie selbst hatte die Sportart, obwohl sie am Wasser geboren war, nie wirklich gelernt.

Sie zog »Hugo« vom Ufer, kletterte in das leise schwankende Boot, klappte den Motor ins Wasser und zog am Starterseil. Es tat sich nichts. Nicht der leiseste Huster, der ahnen ließ, dass in diesem Motor ein Funken glimmen könnte. Klara riss wieder und wieder an dem Seil, bis sie begreifen musste, dass es sinnlos war.

Seufzend griff sie nach den Rudern. Normalerweise wäre sie jetzt sauer, zumindest deutlich verstimmt. Aber noch immer war der Morgen von einer solch rosigen Unschuld und himmlischen Geräuschlosigkeit, dass sie die Ruder ganz sanft ins Wasser gleiten ließ und mit dem Gesicht zur Sonne Richtung Yacht ruderte. Den Muskelkater vom Holzhacken in ihren Armen beschloss sie überaus tapfer zu ignorieren.

Die Yacht lag gut fünfhundert Meter vom Ufer entfernt an der Plattform vertäut. Klara kam ins Keuchen. Nun verfluchte sie doch die Hackerei. Die Schmerzen in ihren Armen waren so grausam, dass sie glaubte, keinen weiteren Ruderschlag mehr tun zu können. Sie warf einen Blick über die Schulter, um den Abstand zu der schaukelnden Yacht abschätzen zu können. Das waren mindestens noch zwanzig stramme Züge. Aber immerhin konnte sie den Namen des Schiffes aus dieser Entfernung entziffern: »Pandora«, die mit der Büchse, die Zeus ihr gegeben hatte, damit sie sie den Menschen schenkt. Unter dem Vorbehalt, dass sie die Büchse unter keinen Umständen öffnen dürfen. Daran hielten sich die Menschen natürlich nicht, und so kam alles Schlechte in die Welt. Aber auch die Hoffnung. Klara konzentrierte sich auf die Hoffnung und ruderte gegen alle Schmerzen an auf ihr Zielobjekt zu.

Sie machte ihren schäbigen Kahn an der Badeplattform fest und ging an Bord.

»Hallo? Ist da jemand?« Nichts rührte sich. Klara ging zögernd über das Deck, weiter rufend. Auch im Salon, den sie durch die Glasschiebetür betrat, war alles ruhig. Und seltsam unberührt.

Sie revidierte ihre Theorie, dass hier jemand auf dem See übernachten wollte. Das Schiff war wie geleckt, das Bett in der luxuriösen Kapitänskajüte vorn im Bug mit einer teuren, aber geschmacklich durchaus fragwürdigen Tagesdecke picobello gemacht.

In der Pantry nicht ein Fleckchen auf den blank polierten Armaturen, kein Glas, kein Teller, nichts, was auf ein Wesen mit menschlichen Bedürfnissen hätte schließen lassen, nicht ein einziges kleines Lebenszeichen. Bis Klaras Blick an etwas hängen blieb, was das aseptische Bild störte.

Auf dem Fahrstand, neben dem Steuerrad aus feinstem Teak, stand eine Schatulle leicht schräg mit halb geöffnetem Deckel. Klara klappte den Deckel ganz auf und nahm eine der drei Hülsen für die Patronen mit Leuchtmunition aus dem Futteral. Die Hülse war leer. Also war, wenn sie richtig kombinierte, die Leuchtrakete, die sie beim Holzhacken gesehen hatte, von dieser Yacht abgeschossen worden.

Klara entdeckte eine weitere Unregelmäßigkeit. Der Schlüssel der Yacht steckte im Zündschloss. Sie drehte ihn auf Start. Der Motor der »Pandora« sprang anstandslos an.

Langsam ahnte Klara, dass mit dem Schiff hier gar nichts stimmte, und beschloss, sich genauer umzusehen.

Jemand hatte offensichtlich sehr sorgfältig aufgeräumt. Aber irgendwas blieb immer liegen. Sie fand schnell, wonach sie suchte. Auf der Treppe, die zu weiteren Kojen in den Rumpf der Yacht führte, befanden sich kaum sichtbare Spritzer einer roten Substanz. Klara war sich ziemlich sicher, dass das Blut war. Sie ging mit ihrem Handy an Deck und wählte die Nummer der Wasserpolizei.

»Hier ist Klara. Bei der Plattform in der Nähe von Seezeichen 16 ist eine herrenlose Yacht, hört auf den schönen Namen ›Pandora‹. Schwimmen wird um diese Jahreszeit wohl niemand. Fragt doch mal die Schweizer nach dem Eigner. Und dann kommt her. Ach ja, und sagt Hellmann von der KTU Bescheid. Der soll sich das mal anschauen.«

Sie legte auf und blickte fragend nach Bottighofen am Schweizer Ufer. Was war hier letzte Nacht passiert? Und wieso hatten die Schweizer Kollegen die Yacht nicht gefunden, als sie das Gebiet wegen der Leuchtrakete absuchten? Klara rieb sich ihre schmerzenden Oberarme und sah auf ihren alten Kahn. Sie würde sich mit ihm wohl abschleppen lassen müssen. Rudernd schaffte sie die Strecke im Leben nicht mehr zu ihrem Haus zurück.

SECHS

Steiner parkte missgestimmt mit seinem Dienstwagen vor Stählis Villa. Er hatte sich mit glaubhaften Gründen gegen Flückigers Auftrag gewehrt, Stähli nach der »Pandora« zu befragen, die von den Konstanzer Kollegen führerlos an einer Plattform vertäut aufgefunden worden war. Als er einsehen musste, dass Reto auf seinem Willen bestand, hatte er sich gefügt. Aber die Mission behagte ihm nicht.

Er stieg aus dem Auto und ging zur Tür des Hauses, sah die barbusige Nixe und klingelte. Er hörte das Quäken eines Babys. Als niemand öffnete, linste er durch den verglasten Rahmen der Tür.

Er sah Beate Stähli, wie sie auf dem Weg zur Tür stoppte. Wahrscheinlich erkannte sie ihn. Sie waren sich mehr als einmal bei Auseinandersetzungen mit Stähli über den Weg gelaufen. Abwehrend zog sie ihre schmalen Schultern zusammen und kam zur Tür.

Steiners Blick hatte sich gegen seinen Willen an den spitzen Brüsten der verführerischen Wasserfrau festgebrannt. Typisch Stähli. Fand das wahrscheinlich exzentrisch.

Beate Stähli öffnete die Tür. »Ja?«

»Frau Stähli, ist Ihr Mann da?«

Beate Stähli musterte ihn kühl. »Wollen Sie uns jetzt schon um diese Uhrzeit schikanieren?«

Steiner wusste, dass Beate Stähli mindestens so arrogant war wie Stähli selbst. Dabei war an ihr nichts, was zu dieser Haltung berechtigt hätte. Sie war farblos, blass, unbedeutend. Eine kleine Buchhalterin, die sich den mächtigen Werftbesitzer geschnappt hatte. Wie, wusste Steiner nicht. Aber er mochte sie ebenso wenig wie ihren, und da war er sich weiterhin sicher, kriminellen Mann.

»Niemand will Sie schikanieren. Man hat eine herrenlose Yacht gefunden, drüben bei Konstanz. Die liegt eigentlich zur Überholung bei Ihnen in der Werft.«

Beate Stähli sah Steiner ausdruckslos an. Er lächelte, obwohl ihm nicht danach zumute war. Das Baby quäkte, irgendwo im Haus. Bevor Steiner weitere Fragen stellen konnte, ging Beate Stähli wieder, wahrscheinlich um nach dem Kind zu sehen.

Er lugte ins Haus und fragte sich, ob er einfach eintreten sollte. Die Stähli hatte ihn nicht dazu eingeladen, aber sie hätte so was in der Art zu ihm sagen können. Dazu war sie sich wohl zu fein. Ließ ihn einfach stehen. Er könnte auch ohne explizite Einladung eintreten, schließlich war er von der Polizei und hatte einen Auftrag. Bevor er beschlussfähig wurde, kam Beate Stähli mit ihrem Kind auf dem Arm zurück.

»Sein Bett ist unbenutzt. Er war wohl heute Nacht gar nicht zu Hause. Ich schlafe nämlich im Kinderzimmer, weil Paula krank ist. Gestern bin ich früh ins Bett gegangen, da war er noch unterwegs.«

Sie wirkte auf einmal nicht mehr schroff, sondern aufrichtig besorgt. Vielleicht wusste sie nichts von den miesen Geschäften ihres Mannes. Steiner beschloss, ihr neutral zu begegnen.

»Hat er sein Handy dabei?«

Beate Stähli nestelte umständlich nach dem Telefon in ihrer Jackentasche und wählte die Nummer ihres Mannes. Steiner lächelte währenddessen das Baby, wie er meinte, freundlich an. Das heulte daraufhin richtig los. Beate Stähli schaukelte es beruhigend, während sie darauf wartete, dass ihr Anruf angenommen würde. Offenbar ergebnislos. Sie legte auf.

»Ausgeschaltet. Das verstehe ich nicht.«

Steiner war mit der ganzen Situation überfordert. Auch wenn das eine von Retos Erziehungsmaßnahmen war, es hätte jeder andere Kollege zu den Stählis geschickt werden können. Und wüsste nun vielleicht, wie er richtig zu reagieren hätte. Er sah, wie sich Beate Stählis Augen verdunkelten, als sie zu begreifen schien.

»Meinen Sie, es ist ihm etwas passiert?«

Damit konnte Steiner nicht umgehen. Mit Schock und Panik. Er wusste nicht, was er sagen sollte. Stand da. Und schwieg.

***

Walter stieg vom Einsatzboot der Konstanzer Wasserpolizei an Bord der »Pandora«.

»Na, was hast du denn da für ein Geisterschiff aufgegabelt?«

Klara freute sich, ihn zu sehen. »Morgen, Walter. Heimarbeit nennt man das. Das ist bestimmt das Leuchtsignal von gestern Abend.«

Hellmann von der KTU drängte sich eifrig an Walter vorbei. »Morgen, Klara. Und, hast du schon was gefunden?«

Klara deutete zur Treppe, die in die unteren Kabinen führte. »Auf der unteren Treppe. Sieht aus wie Blut.«

Hellmann machte sich mit seinem Assistenten im Inneren der Yacht an die Arbeit, während Walter Klara mit den verfügbaren Informationen belieferte.

»Die Schweizer Kollegen sagen, dass die ›Pandora‹ einem gewissen Sergej Pawlenko gehört. Liegeplatz ist eigentlich in Langenargen auf der deutschen Seite. Aber der Hafenmeister sagt, dass sie seit einem Monat zur Überholung auf der Schweizer Stähli-Werft liegt. Ist sie denn fahrtüchtig?«

Klara warf einen prüfenden Blick zu Hellmann, der seine Arbeit wie immer hundertprozentig machte. »Der Motor schnurrt wie eine Katze. Der Tank ist auch voll.«

»Komisch. Wieso wurde dann ein Notsignal abgefeuert?«

Die gleiche Frage hatte sich Klara wieder und wieder gestellt, ohne zu einer brauchbaren Antwort zu kommen. Sie zog den Reißverschluss ihres Parkas bis unters Kinn zu. Die Sonne war wieder hinter dichten Wolken verschwunden. Das war's dann mit dem schönen Tag.

»Ich denke, ihr müsst euch zum Tauchen klarmachen. Wer weiß, vielleicht ...«

Sie brauchte den Satz nicht zu beenden. Walter wusste, was das zu bedeuten hatte. »Na, prost Mahlzeit!«

Klara ging zu Hellmann ins Innere der Yacht. »Und?«

Der Spurensicherer verstaute die Probe der Flüssigkeit, die er von der Treppe abgenommen hatte, sorgsam in seinem Untersuchungskoffer. »Sieht tatsächlich aus wie Blut.«

Klara sah noch mehr Arbeit als sonst auf sich zukommen. Sollte hier wirklich ein Mord passiert sein, dann würde es kompliziert werden. Wenn die Leiche im deutschen Teil des Bodensees gefunden werden würde, lägen die Ermittlungen zwar in ihren Händen. Aber für jede Befragung oder Untersuchung auf Schweizer Seite wäre sie auf die Unterstützung der dortigen Kollegen angewiesen. Grenzüberschreitende Polizeiarbeit nannte man das. Und es bedeutete zusätzliche Erklärungen, Auseinandersetzungen und doppelt so lange Amtswege. Entscheidend war, wer ihr als offizielle Amtshilfe zugewiesen werden würde. Klara hatte ihren eigenen Kopf. Aber die Schweizer auch.

Klara seufzte. »Am besten, der Walter schleppt die Yacht rüber ins Bootshaus zur weiteren Untersuchung.«

»Oder er schleppt sie gleich rüber in Schweizer Gewässer. Dann ist es deren Fall, und wir können wieder ins Bett.« Hellmann grinste wissend; er schien Klaras Gedanken lesen zu können.

Sie wehrte sich ertappt. »Du Memme. Ich musste heute schon rudern.«

»Oh, Hut ab.« Die angedeutete Verbeugung Hellmanns konnte Klara kaum aufheitern.

Sie ging zurück auf Deck, wo sich die Taucher für ihren Gang fertig machten. Klara beneidete sie nicht um ihren Job. Das Wasser war eiskalt. Und wenn sie Pech hatten, war der ganze Aufwand umsonst.

Nacheinander sprangen sie rücklings ins Wasser, und Klara verfolgte den zuckenden Strahl ihrer Unterwasserlampen, mit denen sie den Grund des Sees rund um die »Pandora« abzusuchen begannen.

Von Schweizer Seite preschte ein Motorboot über den mittlerweile unruhig gewordenen See auf die »Pandora« zu.

Klara hatte nur Augen für die Taucher und entdeckte den Mann in seiner heftig schwankenden Jolle erst, als er die Yacht schon fast erreicht hatte. Sie wedelte heftig mit den Armen.

»Halten Sie Abstand! Da sind Taucher unten.«

Eigentlich hatte sie erwartet, dass er daraufhin wieder abdrehen würde. Aber er schaltete nur den Außenborder aus und trieb weiter auf die »Pandora« zu. Klara beäugte ihn kritisch. »Gehört die Yacht hier Ihnen?«

Der Mann manövrierte sein Boot zur Badefläche, um

durch die Wellen nicht abgetrieben zu werden. »Schön wär's.«

Für halbgare Witze hatte Klara gerade überhaupt keinen Sinn. Einmal weil ihre Arme weiter empfindlich schmerzten. Dann war auf dieser schönen Yacht wahrscheinlich ein Verbrechen geschehen. Und sie hatten, wie es aussah, bereits den ersten Schaulustigen, der eben dabei war, ohne ihre Zustimmung mit seinem Boot an ihrem Schiff anzudocken. Sie wurde amtlich. »Dann muss ich Sie bitten, abzudrehen.«

Als ob er sie nicht gehört hätte, vertäute er seine Nussschale an der »Pandora«, während er selbstbewusst zu ihr hochsah. »Leiten Sie hier den Einsatz?«

Klara fand ihn langsam ganz schön dreist. »Ich wüsste nicht, was Sie das angeht.«

Charmantes Lächeln, kurzes Kopfnicken: »Kantonspolizei Thurgau, Reto Flückiger. Ich bin der Chef von der Seepolizei.«

Der Chef der Kreuzlinger Seepolizei sah gar nicht übel aus, wenn er lächelte. Klara fühlte sich plötzlich etwas dämlich und lächelte sicherheitshalber zurück. »Hauptkommissarin Klara Blum.«

Flückiger hielt sich am Einstieg zur »Pandora« fest, als sein Boot immer heftiger zu schaukeln begann. »Ich hab heute Morgen zwar keinen Dienst. Aber ich wollte wenigstens wissen, was los ist. Wir vermissen Urs Stähli, von der Stähli-Werft. Und die ›Pandora‹ müsste eigentlich in seiner Werft liegen.«

So, wie der Fall lag, würden sie miteinander reden müssen. Und Klara musste mit ihrem Ruderboot über den aufgewühlten See gegen die Strömung zurück an ihr Ufer. Sie blickte vom alten »Hugo«, der hilflos auf den Wellen torkelte, zu Flückigers kleiner Motorjolle. »Ich bin hier im Augenblick sowieso nur im Weg. Können Sie mich abschleppen?«

Flückiger schlug Frauen nur ungern eine Bitte ab. Außerdem hatte er Lust auf Kaffee. Klara Blum sah so aus, als könnte sie guten Kaffee kochen. Er nickte zustimmend: »Ja klar. Wieso nicht?«

Der klare sonnige Beginn des Tages erschien Klara wie eine Illusion, als sie neben Reto Flückiger in seinem Bötchen, ihren Kahn im Schlepptau, durch dichten Nebel auf das Ufer vor ihrem Haus zusteuerte und Flückiger ihr seinen morgendlichen Besuch bei der Yacht erklärte.

»Ich habe gestern den Einsatz wegen dem Notsignal geleitet.«

Klara musterte ihn beiläufig. »Aber die ›Pandora‹ haben Sie dabei nicht entdeckt?«

»Nein. Weil sie an dieser Plattform festgemacht ist. Auf dem Radar verschmelzen Dinge, die näher als fünfzehn Meter zusammenliegen, zu einem Punkt.« Flückiger versuchte, durch die Nebelsuppe zu erkennen, wohin sie überhaupt fuhren.

»Und warum sind Sie dann nicht zu dieser Plattform hingefahren?«

Die geringe Ahnung, die die Konstanzer Hauptkommissarin offensichtlich von den Vorgängen auf dem Bodensee hatte, amüsierte Flückiger. Er klärte sie gern auf, allerdings etwas von oben herab.

»Es gibt im Moment einhundertvierundvierzig Plattformen und Seezeichen, auf fünfhundertsechsunddreißig Quadratkilometern. Da wäre ich jetzt noch unterwegs.«

Gegen Arroganz, und sei es nur im Ansatz, war Klara allergisch. Sie nickte nur und richtete ihren Blick gerade nach vorn. Der Rest der Fahrt verlief schweigend.

Am Ufer gestattete sie Flückiger dann doch, ihr dabei zu helfen, ihr Boot an Land zu ziehen. Allein hätte sie das kaum geschafft mit ihren lädierten Armen. Außerdem ging er vorbildlich mit »Hugo« um und setzte ihn wie ein rohes Ei auf den spitzen Uferkieseln ab, während er versuchte, das Gespräch zwischen ihnen wieder in Gang zu bringen.

»Die Hälfte der Notsignale entpuppt sich als Fehlalarm. Das ist nichts Besonderes. Und gestern gab's bei uns drüben eine militärische Übung. Die haben auch Leuchtraketen verwendet.«

Er ging zu »Hugos« Motor. »Warum zickt denn Ihr Außenborder?«

»Der ist halt eigenwillig.« Flückigers anzügliches Grinsen in ihre Richtung überging Klara verstockt. Sie ärgerte sich, dass sie ihm quasi selbst diese Steilvorlage geliefert hatte, und rettete sich in betonte Sachlichkeit. »Und wegen der Truppenübung haben Sie die Suche aufgegeben?«

Flückiger stellte sein Grinsen ein und wurde ebenfalls amtlicher. »Nicht nur. Wir haben Kurt Weingarten von der Stähli-Werft auf dem See angetroffen. Er hat uns bestätigt, dass das Signal vom Schweizer Ufer kam. Er ist ein erfahrener Nautiker. Es gab keinen Grund, ihm zu misstrauen.« Er öffnete den Deckel des Außenborders. »Ich glaube, da ist eine neue Zündkerze fällig.«

Zündkerze. Darauf hätte sie auch selbst kommen können. Klara überspielte den Anflug von Peinlichkeit, der ihr die Wärme in die Wangen trieb, indem sie Flückigers amüsiert fragendem Blick auswich und zurück zur »Pandora« sah.

»Da verschwindet ein Werftbesitzer, und einer seiner Angestellten ist gleichzeitig auf dem See? Ist das Zufall?«

Flückiger klappte den Deckel des Außenborders wieder zu. »Ziemlich unwahrscheinlich. Aber nicht unmöglich. Gibt's fürs Abschleppen noch einen Kaffee?«

Wenn er lächelte, bildeten sich zwei attraktive Grübchen auf seinen Wangen. Klara fand ihn weiterhin ziemlich dreist. Aber auch interessant. Jedenfalls hatte er erstaunlich wenig von einem Beamten. Ihr war auch nach Kaffee. Sie erwiderte sein Lächeln halbwegs freundlich.

»Gern.«

Als sie zu ihrem Haus vorausging, wurde Flückiger plötzlich von dem Gefühl gepeinigt, mit seiner Selbsteinladung zu weit gegangen zu sein. Sie waren Kollegen. Und er kannte Klara Blum überhaupt nicht. Was sollte er sagen, wenn er plötzlich ihrem Mann über den Weg lief, der vielleicht noch im Morgenmantel war? Oder ihrem Lebensgefährten, Liebhaber, Lebensabschnittspartner, wenn sie nicht oder nicht mehr verheiratet war?

Je mehr er sich in Gedanken über Klaras Familienstand verhaspelte, umso weiter fiel er hinter ihr zurück. Sie war bereits bei ihrer Haustür angelangt und winkte ihm auffordernd zu, sich zu beeilen.

Während Klara Kaffee kochte, fühlte Reto sich im Wohnzimmer weiter unbehaglich, was aber nicht an der geschmackvollen Einrichtung lag. Er mochte Klaras Stil, sehr eigenwillig, viel Altes, Fundstücke. Wenn sie befreundet wären, würde er sie oft auf einen Kaffee besuchen kommen, aber so konnte er sich schlicht nicht entspannen.

Er sah von Klaras Sekretär hinaus auf den See. Der Nebel hatte sich wieder gelichtet, und die »Pandora«, die friedlich neben der Plattform schaukelte, war deutlich zu sehen. Flückiger liebte den See, zu allen Jahreszeiten. Aber der Winter war auch für ihn jedes Mal wieder eine

Prüfung. Die feuchte Kälte und der Mangel an Licht gingen an die Substanz. Und es war erst Anfang November.

Sein Blick fiel auf ein Foto in einem auffallend gearbeiteten Silberrahmen. Wenn das ihr Mann war, warum stand ein Foto von ihm auf ihrem Schreibtisch? Vielleicht arbeitete er im Ausland. Oder es war ihr Bruder. Oder sonst ein wichtiger Mann in ihrem Leben.

Weitere Gedanken Flückigers über mögliche wichtige Männer in Klaras Leben durchkreuzte Perlmann, als er verkatert aus einem der oberen Zimmer kommend die Treppe zur Diele herunterschlurfte, ganz bei sich und seinem Kopf, in dem es infernalisch schmerzte und dröhnte.

Klara kollidierte fast mit ihm, als sie mit zwei dampfenden Bechern Kaffee aus der Küche kam. Ihre ganze Aufmerksamkeit war darauf konzentriert, die randvollen Becher so zu balancieren, dass sie nichts verschüttete. Sie war wohl in Gedanken gewesen, als sie den Kaffee eingeschenkt hatte.

»Das Handtuch auf der Heizung im Bad ist für dich.«

Perlmann schlappte wortlos in die Richtung, die Klaras Blick ihm gewiesen hatte. Und Flückiger nahm perplex den Becher, den Klara ihm unfallfrei in die Hand drückte.

»Bitte schön. Schwarz wie die Nacht.«

Er hielt die Tasse, so gut es ging, gerade und hätte gern getrunken, um seine Irritation wegen des jungen Mannes zu überspielen. Aber so, wie es aus dem Becher dampfte, war der Kaffee noch zu heiß. Klara lächelte ihm zu und pustete in ihre Tasse, bevor sie sie vorsichtig an ihre Lippen setzte.

Er musste sie einfach fragen. »Wohnt Ihr Sohn noch zu Hause?«

Klara verschluckte sich beinahe. Also doch noch zu heiß.

»Welcher Sohn? – Ach so. Das ist nicht mein Sohn.«

Ihr Blick war schwer zu deuten. Amüsierte sie sich über ihn, oder hatte er sie verletzt? Er hatte nichts Falsches sagen wollen. Am besten elegant aus der Affäre ziehen. Flückiger entschied sich für ein neutrales »Ah« und einen anerkennenden Blick ins Rund von Wohnzimmer und Salon. Diesmal grinste Klara anzüglich, bevor sie erneut den Becher an ihre Lippen hob.

»Glauben Sie, dass Stähli es bis zum Ufer geschafft hat?« Sie war an die Terrassentür getreten und sah über den See zur »Pandora«. Flückiger stellte sich, beiläufig, wie er meinte, neben sie.

»Nein, das glaube ich nicht. Das Wasser hat im Moment sechs Grad. Da bleibt ein Mensch vielleicht fünf Minuten bei Bewusstsein. Das hat er nie geschafft.«

Klara mochte seine Augen. Aber das sagte sie ihm natürlich nicht. »Was sind denn da für Strömungsverhältnisse?«

Er könnte sie zur Jungfernfahrt der »Juno« einladen, die er gerade aufwendig restaurierte, um ihr die Strömungsverhältnisse des Bodensees näherzubringen. »Nicht so, dass man sagen könnte, wo die Leiche anlandet.«

Perlmann platzte in den fachlichen Austausch, das vorgewärmte Handtuch um den Hals, aber sonst unverändert in den Klamotten seines vergeigten Abends mit Johanna.

»Welche Leiche?«

Er war zwar alles andere als fit, aber er versuchte nach Kräften, einen wachen Eindruck zu machen.

»Nicht du«, antwortete Klara.

»Haha.« Sehr witzig. Perlmann hatte ein ganz anderes

Problem. »Ich hab einen Filmriss. Hab ich sehr viel Scheiße geredet gestern Abend?«

Die Antwort auf diese Frage schien auch den Typen neben Klara ausgesprochen zu interessieren. Perlmann kräuselte abwehrend die Stirn.

»Du warst jedenfalls nicht schuldfähig. Kaffee ist in der Küche.«

Kaffee. Küche. Gedanken sortieren. Perlmann machte auf dem Absatz kehrt. Ausreichende Dosis Koffein in Kombination mit gutem Schmerzmittel, und er würde sich wieder erinnern, was passiert war, dass er sich gestern so dermaßen abgeschossen hatte.

Obwohl er auch gern wissen würde, was die Lederjacke mit den Knopfaugen im Lonesome-Cowboy-Gesicht in Klaras Wohnzimmer zu suchen hatte.

Perlmann verschwand in der Küche, und Klara dachte gar nicht daran, Flückiger über ihr Verhältnis zu ihm aufzuklären. Dazu genoss sie den rätselnden Blick ihres Schweizer Kollegen viel zu sehr. Mal sehen, wie gut er als Ermittler war.

»Wie hieß noch mal der Zeuge, den Sie vorhin genannt haben?«

Es fiel Flückiger schwer, sich von seinen Gedanken über den Mann, der hier gestern offensichtlich zu viel getrunken hatte und nun in Klaras Küche verschwunden war, loszureißen. »Kurt Weingarten.«

Klara notierte sich den Namen. »Weingarten. Gut.«

In einer Art Übersprungshandlung nahm Flückiger sich einen Apfel aus der üppig gefüllten Obstschale. »Darf ich?«

Klara war kurz von dem Motiv, das sich ihr bot, irritiert. »Gerne.«

Sie konnte es nicht verhindern, aber als Flückiger ausgesprochen genussvoll in den Apfel biss, dachte sie an Eva und Adam und den Rest vom Paradies. Vielleicht sollte sie ihre abendliche Lektüre wechseln. Zumindest sollte sie mit ihrer Aufmerksamkeit ausschließlich bei dem Fall bleiben. Sie hatten es hier womöglich mit dem gewaltsamen Verschwinden eines Menschen zu tun, und sie geriet aus dem Konzept, weil es einen Schweizer Kollegen nach Obst verlangte.

»Dann nehme ich mir Weingarten als Erstes vor, sobald die Staatsanwaltschaft Thurgau mir einen Ermittler als Amtshilfe zugestellt hat.« Flückiger und Klara sahen sich an, offensichtlich in diesem Moment das Gleiche denkend.

Klara schüttelte sich, als wäre ihr plötzlich ein wenig kalt, und ging zur Garderobe. Sie musste ins Büro. Vielleicht hatten die Taucher schon etwas gefunden. Oder Hellmann erste Untersuchungsergebnisse von der Yacht. Jedenfalls würden sie ihr den Chef der Kreuzlinger Seepolizei nicht in einem Mordfall zur Seite stellen, wenn es denn einer war. Dafür gab es die Schweizer Kripo. Sie brauchte einen Spezialisten.

***

»Um diese Jahreszeit ist kaum ein Boot unterwegs. Haben Sie eine Idee, was Stähli hier auf dem See wollte?«

Flückiger hatte Mühe, mit Klara Schritt zu halten. Sie ging ihm schon wieder voraus, diesmal hinunter zum Ufer zu seinem Boot. Er verlangsamte sein Tempo automatisch auf eine gemäßigte unaufgeregte Gangart.

»Ehrlich gesagt, kann ich nur spekulieren. Eigentlich hätte die ›Pandora‹ gar nicht auslaufen dürfen. Sie hat nämlich gestern bei der Bootsprüfung keine Zulassung bekommen. Aber vielleicht wollte er unbedingt raus. Und zwar mit diesem Boot.«

Klara war so weit vorausgelaufen, dass er fast rufen musste, damit sie ihn hörte. Sie blieb stehen und drehte sich um.

»Aber wozu?«

Er warf den Rest seines Apfels in hohem Bogen auf das Nachbargrundstück und schloss gelassen zu ihr auf.

»Wir haben gestern bei der Bootsprüfung einen Hohlraum auf der Yacht gefunden. Mein Kollege Marcel Steiner glaubt schon seit einiger Zeit, dass Stähli Drogen schmuggelt.«

Er konnte Klara beinahe denken hören, als sie auf diese Information hin ihre dunklen Augenbrauen hob. Grenzverkehr. Die alte Schmuggeltradition im Dreiländereck. Früher waren es Waren. Heute Drogen.

»Dann gab es eine Übergabe auf dem See? So eine Plattform ist ein guter Treffpunkt. Wie kommt Ihr Kollege darauf?«

Flückiger schob kraftvoll seine Jolle aufs Wasser. »Ist leider nur eine Vermutung. Beweise gibt es keine.« Er schenkte Klara sein schönstes Lächeln. »Danke für den Kaffee.« Er stieg in das Boot und startete seinen Außenborder mit einem einzigen kräftigen Seilzug. »Ciao.«

Reto Flückiger wusste, dass die Grübchen, die sich beim Lächeln in seine Wangen gruben, bei den Damen mächtig ankamen.

Klara dachte sich, der weiß, wie er wirkt. Flückiger drehte in einem eleganten Halbkreis ab hinaus auf den See. Da fuhr er hin, der einsame Wolf, oder passte für den Bodensee besser Hecht?

Sie war sich nicht sicher, was sie von Reto halten sollte.

Eigentlich war er sympathisch. Aber auch ganz schön von sich eingenommen. Er hatte fast die ganze Zeit mit ihr geflirtet.

Und wenn. War doch nichts dabei. Obwohl. Klara beschlich eine Ahnung, die ihr missfiel. Konnte sie das überhaupt noch, flirten? Und wollte sie das? Er war auf jeden Fall ein guter Seemann, so schnell, wie er den Horizont erreicht hatte und von diesem verschluckt zu werden schien.

Die Feuchtigkeit des wieder tiefer sinkenden Nebels kroch unangenehm unter ihre Jacke. Sie brauchte Bewegung. Also zückte sie ihr Handy und wählte Hellmanns Nummer.

Hellmann schien sofort zu wissen, was Klara meinte, als sie ihn nach einem verdächtigen Hohlraum fragte.

»Hab ich schon längst gefunden. Aber dieser Hohlraum ist so hohl, wie ein Hohlraum nur sein kann.«

Klara legte nachdenklich wieder auf. Keine Leiche, keine Drogen. Vielleicht gab es ja auch gar keinen Fall. Sie wusste, dass dieser Gedanke ein rein rhetorischer war und sie, wie meistens, ganz von vorn würde anfangen müssen. Ohne zu wissen, wie viele Teile das Puzzle diesmal hatte. Und der Illusion folgend, dass kein einziges Teil beim Zusammenfügen verloren gehen würde. Als gäbe es das, die hundertprozentige Auflösung eines Falles.

Schon wieder wurde sie melancholisch. Das lag am See, nicht nur im November. Dagegen half am besten Arbeit. Ganz viel Arbeit.

SIEBEN

Im Büro sieben der Kriminalpolizei Konstanz warf Perlmann sich, geduscht und gestylt, aber sichtlich weiter kränkelnd, auf die schwarze Ledercouch, um die Klara zwei Jahre lang hart gekämpft hatte. Das Stück war nicht zwingend notwendig für ihre kriminalpolizeilichen Ermittlungen. Aber sie brauchte Atmosphäre zum Denken. Bei ihr zu Hause waren das die Dinge, die sie auf ihren Flohmarkttouren gesammelt hatte. Hier im Büro die Couch, Bauhaus, leider nur ein Nachbau, aber die klare Linie war das entscheidende Kaufargument gewesen.

Perlmann löste zwei Aspirin in Wasser auf und streckte sich leidend auf dem atmosphärischen Möbel aus, während Klara am Telefon ermittelte.

»Sergej Pawlenko. Aha.«

»Morgen!« Annika Beck, genannt Beckchen, die gertenschlanke langbeinige Kriminalassistentin von Klara und Perlmann, zwitscherte ins Büro und reagierte auf den hinfälligen Perlmann mit einer Mischung aus Erstaunen und sofortiger Bereitschaft zu fürsorglicher Belagerung.

»Gott, wie siehsch du denn aus? Was machsch du überhaupt um diese Uhrzeit scho hier? Hasch du im Büro übernachtet?«

Beckchens Fragensalve in kaum gemäßigter oberschwäbisch-alemannischer Breite drang in Perlmanns empfindliches Hirn wie Nadeln, die unter Strom gesetzt wurden. Er musste sie umgehend zum Schweigen bringen.

»Nein. Bei Frau Blum.«

Vier Wörter von ihm, und Beckchen war sprachlos. Wow.

Klara sah Beckchen dabei zu, wie sie sich ungläubig aus ihrem Fake-Fur-Mantel pellte, und folgte mit ihrem Blick wie immer beeindruckt dem gewagten Schlitz, mit dem Beckchen ihrem knallengen Minirock das gewisse Etwas zu verleihen glaubte: beinahe hüfthoch ihren, wie Klara neidlos feststellen musste, perfekten linken Oberschenkel in einer gewagt gemusterten Seidenstrumpfhose freilegend.

»Morgen, Beckchen. Heute gibt's viel zu tun. Erst einmal brauche ich Informationen über einen gewissen Sergej Pawlenko. Dem gehört eine Yacht, von der gestern Abend vermutlich der Schweizer Werftbesitzer Urs Stähli verschwunden ist. Die Ortung von Stählis Handy habe ich schon beantragt.«

Den Zettel mit Klaras Informationen nahm Beckchen wie ferngesteuert entgegen. Ihre gesammelte Aufmerksamkeit galt Perlmann, der versunken den schmerzstillenden Sprudeltabletten dabei zusah, wie sie sich langsam im Wasser auflösten.

»Des müssen ja anstrengende Überstunden gwesen sein.«

Perlmann entging der schmallippige Unterton nicht. Aber er hatte weder die Lust noch die Kraft, Beckchen die größeren Zusammenhänge seiner Verfasstheit zu erklären.

»Über mein Privatleben gebe ich grundsätzlich keine Auskunft.«

Beckchen zog beleidigt mit ihrem Auftrag ab, und Perlmann genoss die Ruhe, die er trickreich errungen hatte. Allerdings nur, bis Hellmann dynamisch mit ersten Untersuchungsergebnissen in Klaras Büro platzte und fast über ihn stolperte.

»Was isch los, Perlmann? Ned schlappmachen. Ich hab

was zum Schaffen dabei. Das sind die erschden Bilder von heut Morgen. Die Wapo schleppt des Boot gerade ab.«

Während Perlmann versuchte, die erneuten Explosionen in seinem Kopf unter Kontrolle zu bekommen, pinnte Hellmann Fotos vom vermuteten Tatort an die von hinten beleuchtete Fotowand. Beckchen, deren Neugier größer war als jede Verstimmung, kam umgehend aus ihrem Büro zurück und scannte die Fotos von Bord der »Pandora« mit Kennerblick.

»Viel sieht man da ja ned.«

Hellmann ignorierte Beckchens Enttäuschung, die fast wie ein Vorwurf klang, und wandte sich mit fragendem Blick an Klara, die ihn mit neuesten Informationen versorgte.

»Also, die Schweizer Armee hatte gestern zwar eine Truppenübung, aber die haben definitiv keine roten Leuchtkörper verwendet. Das bedeutet für uns: Das Signal, das ich gesehen habe, kam wohl von der Stähli-Yacht. Perlmann, sorgst du bitte dafür, dass uns die Zollfahndung einen Drogenhund schickt?«

Perlmann schluckte die bittere Schmerztablettenbrühe und verzog das Gesicht. Er versuchte, sich auf Klaras Ansage zu konzentrieren. »Drogen?«

Klara ließ ihren Blick über die Fotos der Yacht streichen. »Ja, jemand von der Schweizer Seepolizei hat dahingehend einen Verdacht geäußert.«

Sie sah plötzlich ein Detail, das sich die ganze Zeit in einem dunklen Winkel ihres Gehirns versteckt hatte, eine beiläufige Wahrnehmung, die sie auf der »Pandora« gemacht hatte; nur leicht irritierend, deshalb hatte sie sie nicht für wichtig genommen.

»Jetzt weiß ich, was mich stört.«

Hellmann, hellwach, folgte ihrem Finger, der auf ein

zunächst unauffällig scheinendes Foto auf der Pinnwand deutete.

»Der Bleigürtel? Braucht man halt zum Tauchen. Gehört bestimmt auf die Yacht.«

Klara nickte, ihren Gedanken über das nur scheinbar unwichtige Detail weiter formulierend: »Aber außer diesem Gürtel ist sonst nirgendwo eine Taucherausrüstung an Bord.«

Hellmann guckte wichtig, hatte aber offensichtlich keine Idee für einen möglichen Zusammenhang. Bei Perlmann wirkte dagegen das Schmerzmittel allmählich.

»Vielleicht hat er sich abgesetzt? Der Boden ist ihm zu heiß geworden, weil er in Drogengeschäfte verwickelt war. Und wenn man die ganze Sache als Mord oder Unfall inszeniert, können Frau und Kind noch die Versicherungssumme kassieren. In Wirklichkeit schwimmt er im Taucheranzug an Land. Hat halt den Bleigürtel vergessen.«

Während Hellmann noch grübelte, ob Perlmann mit seiner Theorie richtigliegen könnte, ging Klara zu dem Versehrten und boxte ihm freundlich in die Rippen.

»Na also, dein Gehirn funktioniert ja wieder.«

ACHT

Obwohl auch das Schweizer Kreuzlingen in dichtem Nebel lag, trug Perlmann eine dunkle Sonnenbrille, als er vor den Büros der Seepolizei auf Klara wartete. Sein Kopf dröhnte nicht mehr ganz so schlimm. Die frische Luft tat ihm gut. Und die Ruhe des verwaisten Hafengeländes. Er war empfindlich. Aber sein Hirn funktionierte wieder, wenn auch nur langsam.

Kreuzlingen zum Beispiel. Obwohl er jetzt seit über fünf Jahren im Dienst der Konstanzer Kriminalpolizei war, hatte er immer noch nicht kapiert, wie das ging: Konstanz und Kreuzlingen waren zwei Städte, die über die Jahrhunderte zu einer zusammengewachsen waren. Im Zweiten Weltkrieg war das sogar der Grund dafür gewesen, dass Konstanz, trotz wichtiger Industrieanlagen, nicht bombardiert worden war. Die Konstanzer hatten einfach die Verdunkelung nicht mitgemacht. Somit war für die Alliierten nicht ersichtlich, wo das feindliche Konstanz aufhörte und das neutrale Kreuzlingen begann. Das Risiko, neutrales Gebiet zu treffen, wollte niemand eingehen. Konstanz blieb verschont und historische Gebäude bis zurück ins frühe Mittelalter unversehrt.

Und dennoch, sobald man über die Grenze ging, die mitten durch die beiden Städte, die eigentlich eine Stadt waren, verlief, war man in einer anderen Welt. In Kreuzlingen wurde Schwyzerdütsch gesprochen, mit nicht dem Hauch eines Anklangs an die Sprache, die als »Konschdanzerisch« galt. Die Bauweise war anders, das Essen, die Charaktere, das Lebensgefühl, die Mode, die Musik. Alles.

Die Menschen waren nur durch eine imaginäre Grenzlinie voneinander getrennt, die sich quer durch die Stadt und ihre Straßen zog, aber mental war es eine Reise in eine andere Dimension. Dabei waren die Grenzen längst offen.

Die Kreuzlinger kamen nach Konstanz zum Shoppen. Die Konstanzer fuhren in die Schweiz zum Arbeiten oder in die Migros.

Die Ufergrenze, bis 2006 durch einen Zaun befestigt und bewacht, war im April 2007 durch einen Skulpturenpfad ersetzt worden. Alle Zeichen standen auf Öffnung, gefördert vom Europagedanken und von den damit verbunden Budgets. Und doch zerfiel ein Stadtgebilde in zwei und man wechselte jeweils die Welt, wenn man von Konstanz nach Kreuzlingen ging und umgekehrt.

Provinz hoch zwei sozusagen. Was auf jeden Fall besser war als nur Provinz.

Konstanz hatte ja auch eine Universität. Und zu Beginn des 15. Jahrhunderts ein Konzil, in dem zum ersten und einzigen Mal ein Papst auf nicht römischem Boden gewählt worden war. Musste ziemlich zugegangen sein damals mit dreißigtausend Kuriengästen und siebenhundert Huren zu deren Erbauung.

Die riesige Statue der Imperia im Konstanzer Hafen erinnerte bis heute daran, leicht bekleidet, üppige Brüste, ihren knappen Mantel bis über die Scham geschlitzt. Perlmann kniff trotz Sonnenbrille die Augen zusammen. Wieso dachte er jetzt an Sex?

Gestern. Der Abend mit Johanna. Johanna! Perlmann musste unbedingt aufhören, in dem Zustand zu denken. Oder weitertrinken.

Als er Anstalten machte, sich von dem Auto, an dem er seit gefühlten acht Stunden lehnte, zu lösen, um nach Klara zu suchen, trat sie mit Flückiger aus dem eierschalenfarbenen Zweckbau der Seepolizei.

»Ehrlich gesagt war ich überrascht, dass man Ihnen den Fall überträgt. Aber Staatsanwalt Hutterer sagte, Sie sind einer der besten Ermittler bei der Kripo gewesen, bevor Sie zur Seepolizei gewechselt sind.«

Flückiger grinste Klara von der Seite an. »Na ja, er übertreibt ein bisschen.« Da war es wieder, dieses Selbstbewusstsein, das Klara reizte, obwohl sie es gleichzeitig etwas blöde fand.

»Warum sind Sie zur Seepolizei gegangen?«

»Ist das ein Verhör?« Er flirtete schon wieder. Klara beschloss, darauf nicht einzugehen. Sie waren nun ein Team, und sie musste wissen, mit wem sie es zu tun hatte.

»Wenn Sie wollen.«

Ihr strenger Ton war umweglos bei Flückiger angekommen. Er wurde ernst. »Es gab ein paar Leichen, die mich bis in meine Träume verfolgt haben.«

Klara nickte einfühlsam und wartete, ob er weitererzählen würde.

»Aber vor allen Dingen hat mir Wasser und Wind gefehlt.«

Die Vertrautheit, die nach Klaras Empfinden für einen Moment zwischen ihnen spürbar gewesen war, war dahin. Flückiger musste ihr selbstverständlich nicht sein Leben erzählen, aber den patenten Nautiker vorzuschieben für eine Entscheidung, deren Hintergründe sie wirklich interessierten, war Klara zu billig. Gleichzeitig ärgerte sie sich, dass sie jedes Wort von ihm sofort auf die Waagschale legte. Sie nahm sich vor, das zu ändern und sich zu entspannen. Sie würden zusammenarbeiten müssen. Da war es ratsam, die Sache nüchtern und mit professioneller Distanz anzugehen.

Während Klara ihm wie immer vorausging, erblickte Flückiger den jungen Mann aus ihrer Wohnung und wusste nicht so recht, was es zu bedeuten hatte, ihn an das Auto gelehnt zu sehen, dessen Fahrertür Klara soeben öffnete.

»Guten Morgen. Geht es Ihrem Kopf besser?«

Flückiger lächelte freundlich interessiert, aber sein Gegenüber setzte nicht einmal seine Sonnenbrille ab, als er seine Frage herablassend beantwortete.

»Jaja. Ich hab mich heute Morgen noch gar nicht vorgestellt: Oberkommissar Kai Perlmann. Auch wenn es nicht so ausgesehen hat: Normalerweise trenne ich Berufliches und Privates.«

Flückiger half diese Aussage wenig bei seinen Spekulationen, was es zu bedeuten hatte, dass dieser Perlmann offenbar bei Klara schlief. Er gab sich betont locker. »Sehr vernünftig.«

Zu seiner Überraschung griff Klara seinen humorigen Tonfall auf. »Gut, dann haben wir das auch geklärt.«

Sie lächelte, wie Flückiger fand, geheimnisvoll, und stieg auf der Fahrerseite in ihren silberfarbenen Dienstmercedes. Es bedurfte keiner Diskussion zwischen Flückiger und Perlmann, wer vorn und wer hinten auf der Beifahrerseite Platz nehmen würde. Perlmann schnallte sich neben Klara an und klappte die Sonnenblende runter. Flückiger überlegte sich, wann er das letzte Mal in einem Auto auf der Rückbank mitgefahren war.

Durch das Fenster seines Büros sah Marcel Steiner den silbernen Kombi vom Parkplatz der Seepolizei in die Bleichestraße einbiegen und Richtung Schwimmbadstraße davonfahren. Er wartete, bis das Auto ganz aus seinem Blickfeld verschwunden war, und horchte angespannt über den Flur. Alles war ruhig. Die ersten Kollegen waren bereits beim Mittagstisch.

Er versuchte, ruhig zu atmen. Dass der gestrige Abend ganz anders als geplant verlaufen würde, hatte er nicht ahnen können. Er lauschte wieder, ging dann von seinem Posten am Fenster wie beiläufig zum Computerraum am anderen Ende des Flurs, ein harmlos fragendes »Hallo?« in die anliegenden Büros werfend. Als darauf keine Antwort kam, nickte er, wie um sich selbst Mut zuzusprechen.

Er setzte sich an die Monitore, die sämtliche Bewegungen auf dem See aufzeichneten, und suchte eine Liste von Daten, als plötzlich doch eine Stimme über den Flur schallte.

»Marcel, hast du den Wetterbericht gecheckt?«

Der Schreck fuhr wie ein reißender Blitz quer durch seinen Körper. Er spürte seine Nerven panisch flattern. Wenn gleich der Kollege käme, würde er erklären müssen, was er da machte. Und man würde ihm anmerken, dass er kurz vorm Durchdrehen war.

So ruhig wie möglich rief er zurück: »Nein, aber das mach ich gleich noch.«

Er horchte. Alles blieb ruhig. Der Kollege würde wohl eher nicht kommen. Er rief das Fahrtenprotokoll auf und löschte rasch und systematisch eine spezielle Reihe von Einträgen.

Was er da tat, war illegal. Aber er wusste keine andere Lösung. Er stellte die ursprüngliche Eingabemaske wieder her und verließ den Raum, schnell und unauffällig.

NEUN

Stählis Werft und sein Büro am Bottighofener Ufer gaben eindrucksvoll Zeugnis von einem florierenden Unternehmen und dem ausgeprägten Gestaltungswillen seines Besitzers. Die Architektur der Bürogebäude war modern und repräsentativ, die Räumlichkeiten mit teuren Designermöbeln ausgestattet. Eine Leidenschaft Stählis schienen historische Schiffsmodelle zu sein, die in kostbaren Vitrinen ausgestellt einen Eindruck davon vermittelten, wie weit die Kunst des Schiffsbaus in der Geschichte der Menschheit zurückreichte und welche Entwicklung sie bis in die Gegenwart genommen hatte.

Stählis Sekretärin wies Klara und ihren beiden Begleitern den Weg zu Weingarten, der im Büro der Werftleitung über einem Chaos aus Konstruktionsplänen brütete.

»Das sind meine Kollegen von der Kripo Konstanz. Frau Blum und Herr Perlmann. Sie haben ein paar Fragen.«

Weingarten entrang sich als Antwort auf Flückigers Vorstellungsrunde nur ein schmächtiges »Oh«. Er war blass und wirkte gestresst. Klara vermutete, dass Stählis Arbeit an ihm hängen blieb. Sie musterte ihn genauer: schmales Gesicht, schlanke sensible Hände, schüchterner Blick. Eher der nervöse, sich zurückziehende Typ. So, wie er in diesem Moment ihrem Blick auswich und sich an den vertrauteren Flückiger wandte.

»Gibt's denn irgendetwas Neues von Stähli?«

»Bis jetzt noch nicht.«

Weingarten senkte den Kopf. Offenbar hatte er eine Vorstellung davon, was Flückigers Antwort auf seine Frage bedeuten könnte.

Klara beschloss, behutsam vorzugehen. Sie ahnte, dass Weingarten sich unter Druck verschließen würde wie eine Auster. »Von wo kamen Sie denn gestern Abend, als Sie Herrn Flückiger auf dem See angetroffen haben?«

Weingarten sah fragend zu Flückiger. Das hatte er doch schon Steiner erzählt. Flückiger nickte ihm aufmunternd zu.

»Aus Konstanz. Ich war bei einem Kunden, bei Herrn Ziegler, und hatte eine Bootsinspektion. Ich nehme an, das war bis acht. Und dann bin ich noch was einkaufen gegangen. Und dann wieder zurück.«

Wieder sah er zu Flückiger, der sich professionell zurückhielt und die beiden Konstanzer Kommissare ermitteln ließ.

Perlmann war zumindest so weit wiederhergestellt, dass er Routinefragen stellen konnte. »Gibt es dafür Zeugen?«

Weingarten schien Perlmann erst jetzt richtig wahrzunehmen.

»Ja, Herrn Ziegler. Für den Einkauf leider nicht.«

Klara und Perlmann wechselten einen kurzen Blick, bevor Klara sich wieder Weingarten zuwandte. »Und die ›Pandora‹ haben Sie nicht gesehen?«

»Nein. Und ich glaube auch nicht, dass Herr Stähli die ›Pandora‹ genommen hat. Warum sollte er ein Boot ohne Zulassung nehmen, wenn er jedes andere hätte haben können?« Weingarten fühlte sich offensichtlich angegriffen. Klara stellte die nächste Frage so beiläufig und ruhig wie möglich.

»Vielleicht war ja nur dieses Boot für seine Zwecke geeignet.«

Weingarten ging dennoch hoch wie eine Rakete. »Ach, jetzt glauben Sie also auch schon den Mist, den uns die Seepolizei andauernd unterstellt?«

Das konnte Flückiger so nicht auf sich sitzen lassen. »Was heißt denn hier unterstellen? Sie machen Ihren Job, ich mache meinen, und zwar so, wie ich ihn für richtig halte.«

»Dann machen Sie auch Ihren Job und finden Urs Stähli!«

Flückiger musste unwillkürlich an Steiner denken, als Weingarten ihn so eifernd anpfiff. Kein Wunder, dass Stählis Vorarbeiter von der Situation überfordert war. Sein Chef war verschollen, die Arbeit auf der Werft musste weitergehen, und dann war auch noch Polizei auf dem Gelände. Weingarten war eigentlich eher ein Stiller, der an seinen Booten schraubte. Und darin war er ziemlich unschlagbar.

Flückiger schlug einen versöhnlicheren Ton an. »Wo ist denn die ›Dolly‹?«

»Die ›Dolly‹?« Weingarten schien die Frage nicht gleich zu verstehen. Dann deutete er nach draußen. »Links an der Mauer.«

Perlmann stolperte hinter Flückiger über das Werftgelände, auf dem die teuren Yachten für den Winter aufgebockt zur Überholung standen. »Wer ist Dolly?«

Flückiger nahm keine Rücksicht auf den lahmenden Perlmann und schlängelte sich zielstrebig durch das Schiffslabyrinth. »Das Boot, mit dem Weingarten gestern unterwegs war.«

In seinem Versuch, mit Flückiger Schritt zu halten, hätte Perlmann beinahe seinen schmerzenden Schädel an einen Bootsrumpf gerammt. Er sah respektvoll an der imposanten Motoryacht empor. »Was kostet denn so ein Schiff?«

Flückiger schätzte die »Princess« mit Kennerblick. »So

eins um die hunderttausend. Für die ›Pandora‹ muss man mehr als eine Million Franken hinlegen.«

Perlmann sah sich die Yachten, die in nicht geringer Zahl auf dem Gelände der Stähli-Werft standen, zum ersten Mal genauer an. »Wow, schwimmende Villen.« Vielleicht sollte er sich mehr für Yachten interessieren. Ein Wochenende auf so einem Luxuskahn auf dem See – vielleicht könnte er Johanna damit beeindrucken.

Er folgte Flückiger, der seinen Weg zum Stähli'schen Werfthafen zügig fortgesetzt hatte, durch das Gewirr der Rümpfe und fragte sich, woher die Leute alle das Geld nahmen, um diesem sauteuren Hobby nachzugehen.

Auf der »Dolly« beugte sich Flückiger weit über die Reling und untersuchte die Außenwände des Stahlverdrängers akribisch nach Lackspuren, die auf eine Kollision mit einem anderen Boot schließen ließen. Perlmann, der keine Ahnung hatte, was Flückiger da tat, beugte sich ebenfalls wichtig über die Reling. Ein leichter Schwindel erfasste ihn. Er beschloss, den Schweizer den Job machen zu lassen und selbst für den allgemeinen Überblick zu sorgen.

Klara ließ sich unterdessen von Weingarten die Werft zeigen. Ihre ruhigen Fragen nach seiner Arbeit, dem Klima auf der Werft, Stählis Ansehen bei den Mitarbeitern schienen ihm etwas von seiner Anspannung zu nehmen. Stähli war beliebt, wenn auch manchmal aufbrausend. Die Auftragslage der Werft war hervorragend. Von Krise keine Spur. Weingarten konnte sich Stählis plötzliches Verschwinden nicht erklären. Privat und beruflich lief, soweit Weingarten wusste, alles perfekt. Erklärte Feinde hatte Stähli keine.

Sein Blick fiel auf Flückiger, der auf der »Dolly« rumturnte. Klara registrierte aufmerksam, wie sich seine Miene verschloss.

»Die Seepolizei scheint hier auf der Werft nicht besonders beliebt zu sein.« Wieder hatte sie den empfindlichen Nerv getroffen.

»Das ist doch eine fixe Idee von denen, das mit den Drogen. Besonders vom Steiner. Bei jeder Bootsprüfung nehmen die alles auseinander, weil sie denken, dass Stähli Drogen schmuggelt. Aber sie finden nichts. Wie auch, da ist ja auch nichts.«

Klara war sich nicht sicher, woher Weingartens Aufregung rührte.

Gab es auf der Werft wirklich nichts zu verbergen, und er empörte sich, weil seinem Chef da was unterstellt wurde? Oder ging es persönlich gegen Flückiger und dessen jungen Kollegen, weil sie Weingarten, der mit der Werft eng verbunden schien, das Leben schwer machten? Sie erinnerte sich, was Flückiger ihr über die Inspektion der »Pandora« erzählt hatte.

»Gestern ging es um einen Hohlraum.«

»Jede Yacht hat tausend Hohlräume, na und? Wissen Sie, was ich nicht verstehe? Dass ausgerechnet Flückiger jetzt hier ermittelt.«

Weingarten setzte seine nächsten Worte sehr bewusst. »Unbefangen ist *der* nicht.«

Noch wusste Klara nicht, wie viel an der Aussage dran war, dass Stähli keine Feinde hatte. Flückiger jedenfalls durfte sich der herzlichen Abneigung Weingartens sicher sein. Sie klärte den Vorarbeiter sachlich über Flückigers Beitrag zu den Ermittlungen auf.

»Die Staatsanwaltschaft Thurgau hat ihn als Amtshilfe bestimmt.«

Weingarten nickte ironisch. »Wie praktisch.«

Klara hatte genug von seinen Andeutungen. Ihr Ton wurde deutlich schärfer. »Wie meinen Sie das?«

»Hat er nicht gestern als Einsatzleiter die Suche abgeblasen?«

Wenn Klara etwas nicht mochte, dann die Angewohnheit, Fragen mit einer Gegenfrage zu beantworten.

»Ja. Unter anderem weil *Sie* gesagt haben, dass das Leuchtsignal vom Schweizer Ufer kam.«

Weingarten sah sie ungläubig an. »Ich? Ich hab gar kein Leuchtsignal gesehen. Ich kam doch grade erst aus dem Konstanzer Hafen.«

Klara war für einen Moment sprachlos. Sie hatte keinen Grund, an Flückigers Angabe zu zweifeln. Aber Weingarten wäre dumm, ihr so eine plumpe Lüge aufzutischen. Er mochte voreingenommen, feindselig und von ihren Fragen genervt sein, aber dumm war er nicht.

Klara tastete sich vorsichtig an das heikle Thema heran. »Flückiger sagt was anderes.« Nicht vorsichtig genug offensichtlich.

»Dann lügt Flückiger! Und Sie glauben ihm, und ich habe keine Zeugen.«

Klara konnte Weingartens Erregung verstehen. Aus seiner Sicht saß die Polizei immer am längeren Hebel. Für sie stand im Moment Aussage gegen Aussage, und sie hatte keine Ahnung, was sie damit anfangen sollte.

»Wissen Sie was?« Weingarten zog einen Kassenbon aus der Gesäßtasche seiner abgeschabten Arbeitshose. »Vielleicht glauben Sie mir wenigstens, dass ich einkaufen war.«

Klara suchte nach Datum und Uhrzeit auf dem Beleg. »Zwanzig Uhr fünfundfünfzig.« Weingarten war gestern ungefähr zu dem Zeitpunkt in einem Supermarkt im Konstanzer Gewerbegebiet gewesen, als die Leuchtrakete auf dem See abgefeuert worden war. Flückiger würde ihr das hoffentlich erklären können.

Sie verlagerte die Befragung auf ein weniger verfängliches Thema. »Wie kommen Sie eigentlich mit Stähli aus?«

Weingarten antwortete nicht gleich, als suche er nach den richtigen Worten für sein Verhältnis zu seinem Chef.

»Ich komm sehr gut mit ihm aus. Er lässt mich machen, gibt mir freie Hand«, sagte er schließlich.

Sein Lächeln half Klara, das Wort zu finden, das ihr für ihn die ganze Zeit auf der Zunge gelegen war: servil. Weingarten hatte etwas Unterwürfiges an sich, wenn er von Stähli sprach oder durch dessen Betrieb führte. Wenn er ihn gegen die Verdächtigungen der Schweizer Polizei verteidigte. Als sei er sein verlängerter linker und rechter Arm und selbst nichts. Kein Wunder, dass ihn die Vorstellung nervös machte, bis auf Weiteres für alles auf der Werft allein verantwortlich zu sein.

Klara hatte keine weiteren Fragen mehr. »Danke.«

Die Erleichterung, dass das Verhör zu Ende war, war Weingarten deutlich anzusehen. »Sehr gerne.«

Er nickte Klara erstmals freundlich zu, bevor er zurück zu den Büros der Werft eilte.

Klara ging grübelnd zur »Dolly«, von der Perlmann hinter seinem Schweizer Kollegen soeben zurück auf den Steg kletterte. Sie wollte Flückiger nicht direkt mit der strittigen Aussage konfrontieren. Sie waren auf eine gute Zusammenarbeit angewiesen, und die konnte sie vergessen, wenn sie den Chef der Thurgauer Seepolizei einer Falschaussage bezichtigte.

Perlmann gelang es, Flückiger auf dem Weg zu Klara zu überholen, um ihr persönlich die Ergebnisse der Inspektion zu unterbreiten.

»Wir haben uns das Schiff von Weingarten angeschaut.

Aber da gibt es keine Auffälligkeiten. Keine Hinweise auf eine Kollision mit der ›Pandora‹.«

Klara unterdrückte eine ironische Bemerkung über Perlmanns plötzliche Fachkenntnis im nautischen Bereich. Aber das mit dem Bluffen schaute sie sich immer wieder gern von ihm ab. Sie wandte sich an Flückiger.

»Ich würde gerne mit Ihnen und Steiner den gestrigen Einsatz rekonstruieren.«

Flückiger nickte und hinterfragte ihr Anliegen zu ihrer Erleichterung nicht weiter. Aber Perlmann runzelte, sei es fragend oder immer noch verkatert, die Stirn. Der Mann brauchte eine Aufgabe; Klara wusste auch schon, welche.

»Und du gehst bitte zu Frau Stähli und besorgst ein Foto von ihrem Mann für die Fahndung.«

ZEHN

Nachdem Klara Perlmann in Konstanz bei seinem Wagen abgesetzt hatte, nutzte sie den Weg zurück zum Kreuzlinger Yachthafen, um sich ein Bild von Marcel Steiner zu machen.

»Arbeiten Sie schon lange mit diesem Steiner zusammen?«

Flückiger, der erleichtert war, von der Rückbank auf den Beifahrersitz wechseln zu können, nickte. »Ich hab ihn zur Seepolizei gebracht.«

»Dann kannten Sie ihn schon vorher?«

Flückiger nickte wieder, diesmal schwer. »Er hat vor ein paar Jahren seine Eltern verloren.«

»Bei einem Unfall?«

Flückiger antwortete nicht sofort. Er starrte auf die Straße, und was er schließlich sagte, gefiel Klara überhaupt nicht.

»Sie sind ganz schön neugierig. Das ist eine harte Geschichte. Die wollen Sie gar nicht wissen.«

Eine weitere Sache, die Klara nicht ausstehen konnte, war, dass jemand meinte zu wissen, was sie wollte oder nicht. Oder was ihr guttat oder nicht. Wahrscheinlich lebte sie wirklich zu lange allein und nahm das alles zu wörtlich.

Sie bog auf den Parkplatz der Kreuzlinger Seepolizei ein und stieg aus dem Auto. Flückiger folgte ihr nach. Ihre Blicke trafen sich. Klara hatte nicht vor, sich so einfach abwimmeln zu lassen.

»Und seitdem kümmern Sie sich um Marcel?«

Flückiger stöhnte innerlich. Wieso wussten Frauen nie, wann es genug war? Es war weder der richtige Ort noch der rechte Moment, um über Marcels diffizile Geschichte zu sprechen. Er beschloss, den Spieß umzudrehen und auf ein Thema zu kommen, das sie seit dem Morgen ein wenig aus den Augen verloren hatten.

»Warum interessiert Sie das? Brauchen Sie Tipps im Umgang mit Perlmann?«

Eins zu null für ihn. Er hatte Klara zum Lachen gebracht. Was ihr, wie er fand, ausnehmend gut stand.

Sie schüttelte amüsiert den Kopf. »Nein danke. Ich lege auch Wert darauf, Berufliches von Privatem zu trennen.«

Für einen Moment schien das Eis, das sich zwischen ihnen im Lauf des Vormittags immer wieder gebildet hatte, wie weggeschmolzen. Die Konstanzer Hauptkommissarin hatte Humor. Das gefiel Flückiger. Und er konstatierte erleichtert, dass Klara fürs Erste keinen weiteren Anlauf nahm, über Marcel reden zu wollen. Wenn Zeit war, würde er ihr diese Geschichte bei einem Glas Wein erzählen. Er war gern in ihrer Gegenwart. Beinahe hätte er sie auf dem Weg zum Eingang der Seepolizei untergehakt – weil sie ihm diesmal nicht vorauslief.

Marcel Steiner übersah das leicht übersteuerte Lächeln, mit dem Klara und Flückiger im Großraumbüro der Seepolizei einliefen. Ihn interessierten allein neue Ergebnisse im Fall Stähli.

»Und, was hat Weingarten bisher gesagt?«

Flückiger war beschwingt von der Nähe zu Klara. »Mein Name ist Hase, und ich weiß von nichts.«

Klara lächelte entgegen seiner Erwartung diesmal nicht. Vielleicht hätte er sie erst einmal vorstellen sollen. Marcel ließ ihm dazu keine Gelegenheit.

»Das war ja zu erwarten.«

Klara registrierte Steiners Erregung aufmerksam und stellte sich souverän selbst vor.

»Klara Blum, Kripo Konstanz.«

Steiner nahm sich, so gut es ging, zusammen. »Marcel Steiner. Ich bin mit Reto gestern den Einsatz gefahren. Hier. Ich hab Ihnen schon mal die Daten von unserem GPS-Flottenmanagement ausgedruckt. Da ist unsere Route genau aufgezeichnet.«

Er erklärte Klara penibel das Datenblatt. »Um einundzwanzig Uhr zwanzig sind wir ausgelaufen. Wir sind erst Richtung Meersburg. Hier haben wir Weingarten getroffen. Und hier sind wir umgekehrt.«

Klara hatte sich bei Steiners Ausführungen weniger auf die Grafik, die er ihr unter die Nase hielt, als vielmehr auf die enorme Spannung konzentriert, die von ihm ausging. »Verstehe.«

Flückiger meldete sich vermittelnd. »Kaffee?«

Klara konnte einen Kick gebrauchen. »Gern.«

Sie wandte sich wieder an Steiner. »Und Sie haben Stähli wegen Drogenhandel in Verdacht?«

Er taxierte sie reserviert. »Hat das Reto gesagt?«

Klara beherrschte sich. Reto sollte sich besser mit dem Kaffee beeilen. Und sie hoffte für Steiner, dass er gut war. Sonst könnte es sein, dass sie bei der nächsten Gegenfrage als Antwort ihre gute Erziehung vergessen würde. Sie gab Steiner noch eine Chance.

»Haben Sie denn irgendwelche Beweise dafür?«

Steiner, bei dem Thema hochengagiert, sah seine Stunde gekommen. »Als ich noch zur Schule ging, da war Stähli ein mieser kleiner Gras-Dealer, der sich vor den Schulen rumdrückte. Ein paar Jahre später erbt er von seinen Eltern eine olle Bootsreparaturwerkstatt. Und über Nacht ist er plötzlich der dicke Geschäftsmann mit Villa und so.«

Sein Ton war schrill geworden.

»Kann mir doch keiner erzählen, dass der die ganze Kohle mit ein paar Bötchen gemacht hat!«

Marcel Steiner machte aus seinem Hass auf Stähli keinen Hehl. Klara musste an Weingarten und seinen Verdacht der Befangenheit der Schweizer Ermittler denken.

Sie versuchte, Steiner etwas zu bremsen. »Das ist aber nur eine Vermutung?«

Steiner ließ sich nicht bremsen. Im Gegenteil. »Mann, glauben Sie bei Ihrem Job immer noch an das Gute im Menschen? Ich kapier nicht, wieso alle Tomaten auf den Augen haben! Das läuft doch alles vor unserer Nase ab. Stählis Geschäft mit den Yachten ist ideal, um Drogengeld zu waschen. Überall hat er inzwischen irgendwelche Scheinfirmen: Monaco, Caymans, Bahamas, Liechtenstein. Das ist ein dicker Fisch!«

Die Kollegen im Großraumbüro wechselten gequälte Blicke. Steiner stand mit seinen Vermutungen offensichtlich allein da.

Klara wollte wissen, wie allein. »Und was sagt die Staatsanwaltschaft dazu?«

Steiner drehte noch ein wenig höher. »Das interessiert die doch einen Dreck. In Zürich wundert man sich, wo die ganzen harten Drogen herkommen und warum man beim Flughafenzoll nichts findet. Hundert zu eins: Da läuft ganz viel hier über den See!«

Wie zum Beweis schlug er mit der Hand heftig auf die Mitte des Bodensees, der sich auf einer Landkarte über eine komplette Wand des Büros erstreckte.

Zacchi, Steiners nächstsitzender Kollege, der versuchte, sich auf seine Arbeit zu konzentrieren, hatte offensichtlich genug von Steiners Ausführungen. »Gefunden haben wir noch nie etwas!«

»Weil ihr hier immer nur einen auf ›Baywatch‹ macht. An Land muss jedes bekloppte Fahrzeug durch den Zoll. Aber die Boote auf dem See, die kontrolliert niemand!«

Flückiger suchte in der Kaffeeecke fieberhaft nach einem Tablett, Zucker und Milch. Wenn Marcel nur endlich seinen Mund halten würde. Langsam gab's Probleme mit dem Team, weil er stur immer nur auf dem einen Thema herumritt.

»Marcel, du schaust zu viel Mafiafilme.« Zacchi verbündete sich grinsend mit seinen Kollegen, was Steiner erst recht in Rage brachte.

Seine Stimme überschlug sich. »Du hast ja überhaupt keine Ahnung, wovon du redest!«

Bevor alles vor Klara noch mehr eskalieren konnte, ging Flückiger zwischen die Kampfhähne. »Jetzt kommt mal runter, Jungs. Schluss jetzt.«

Steiner verzog sich beleidigt mit einem »Ihr werdet euch noch umschauen!«-Blick in seine Ecke. Zacchi nahm zufrieden seine Arbeit wieder auf.

An seinem Schreibtisch servierte Flückiger Klara ihren Kaffee auf einem leicht angeschlagenen Teller als Tablettersatz, mit Zuckertütchen aus diversen Cafés und Wirtshäusern und klebrigen Kondensmilchdöschen garniert. Klara wusste die Mühe, die er sich gemacht hatte, zu schätzen. »Danke.«

Sie nippte an dem Kaffee. Er war gut. Genau die Stärke, die sie mochte.

Flückiger ging zu Steiner. »Wichtig ist doch nur, was gestern da draußen passiert ist.«

Steiner bemühte sich, auf Flückigers ruhigen Tonfall einzuschwenken. »Also, ich denke, der Stähli hat sich ins Ausland abgesetzt.«

Flückiger sah zu Klara. Die trank ihren Kaffee, schwarz.

Wie er. Er lächelte unwillkürlich, wandte sich dann wieder Steiner zu.

»Das glaube ich nicht. Er hat Frau und Kind.«

Steiner sah aus, als wollte er sich gleich wieder aufregen, widerstand aber dem Impuls. So gut es ging.

»Ja und? Ist ja wohl nicht seine erste Frau. Und sicher auch nicht seine letzte.«

Klara hatte genug von Steiners Spekulationen. Perlmann hätte sie so ein Verhalten nicht durchgehen lassen, so viel war klar. »Als Sie Weingarten auf dem See getroffen haben, was hat er denn da genau gesagt?«

Steiner irritierte der plötzliche Themenwechsel. Flückiger, der es gewohnt war, sich vor Steiner zu stellen, beantwortete Klaras Frage ganz automatisch.

»Er hat gesagt, dass das Signal vom Schweizer Ufer aus kam. Und über Funk hat man uns das mit der Truppenübung bestätigt. Und da wir nichts auf dem Radar hatten, sind wir umgekehrt.«

Klara musterte Steiner. Der nickte Flückigers Erklärung eifrig ab.

»Und wer von Ihnen hat mit Weingarten gesprochen?«

Wieder antwortete Flückiger. »Marcel. Und ich war am Steuer.«

Während Flückiger ganz ruhig wirkte, witterte Steiner offenbar Schwierigkeiten. »Aber du hast ja auch gehört, was Weingarten gesagt hat.«

Flückiger zögerte nur den Bruchteil einer Sekunde, bevor er zustimmte. »Ja, klar.«

Klara hatte sein Zögern sehr wohl bemerkt. »Sicher?«

Sie gab ihm eine faire Chance, sich die Sache noch einmal zu überlegen, aber sie war sich nicht sicher, ob er sie nutzen würde. Flückiger hatte einen geradezu väterlichen Umgang mit Steiner. Er würde sich wahrscheinlich schützend vor ihn werfen, ohne an irgendwelche Konsequenzen zu denken. Sie sollte recht behalten.

»Ja, wieso?« Die Unsicherheit war Flückiger förmlich anzuhören.

Klara wartete. Er sollte Zeit genug haben, einen Rückzieher machen zu können, jetzt, wo ihm klar sein musste, dass sie an seiner Aussage zweifelte. Er konnte sich korrigieren, nachfragen, worauf sie hinauswollte, oder sich sonst wie äußern. Aber er schwieg. Klara wusste, dass es auch von ihr nicht ganz sauber war, ihren Schweizer Kollegen Weingartens Darstellung der nächtlichen Begegnung auf dem See vorzuenthalten.

Etwas hielt sie davon ab. Steiner würde sich an Weingarten genauso festbeißen wie an Stähli. Wenn er einmal loslegte, würde er nicht mehr aufhören, zu argumentieren und alles in Stücke zu reden, bis von der Wahrheit über diesen Abend nichts mehr übrig wäre außer Spekulationen und Schuldzuweisungen. Ihr dröhnte plötzlich der Kopf. Dabei hatte Perlmann doch den Kater.

ELF

Perlmann fügte sich optisch perfekt ins durchgestylte Stähli-Wohnzimmer. Der dunkle Eichenton des Parkettbodens harmonierte schön mit seinen Budapestern. Stahl und Leder der Möbel und Designelemente traten in reizvollen Dialog mit dem hohen Kaschmiranteil seines Schneideranzugs. Er fühlte sich immer noch ein wenig matt und hätte sich gern auf das Bauhausoriginal vor den Kamin gelegt, geeisten Tomatensaft mit einem Schuss Tabasco vor sich auf dem gläsernen Beistelltisch anstatt des Babyfläschchens, das jetzt dort stand, auf seinem Haupt ein seidener Eisbeutel.

Aber leider war er im Dienst, und das Haus gehörte einem anderen. Perlmann wartete auf Stählis Foto, das seine Frau in einem Karton suchte, während ihre kleine Tochter in ihrer Wippe greinte.

»Ich weiß gar nicht, was ich noch alles tun soll. Jetzt habe ich schon alle Freunde von Urs durchtelefoniert. Alle Krankenhäuser. Niemand weiß irgendwas.« Beate Stähli schob den Karton von sich und griff nach einem Korb, in dem weitere Bilder unsortiert durcheinanderlagen.

Perlmann studierte das Bronzewappen, das über dem Kamin hing. Alles edel und geschmackvoll. Ihre oder seine Handschrift? Er beobachtete, wie sie die Fotos in den Korb zurücklegte und Paula auf den Arm nahm, weil ihr Weinen heftiger geworden war. Perlmann war ihr dankbar dafür. Babygeheul war generell nicht so sein Ding. Und heute, mit seiner alkoholinduzierten Geräuschempfindlichkeit, erst recht nicht.

Beate Stähli erschien ihm auffallend zart und blass. War

auch kein Wunder, wenn der eigene Mann vermisst wurde. Aber sie hatte durchaus etwas Energisches, wie sie jetzt mit dem Kind auf dem Arm auf ihn zukam. Musste man bei einem Mann wie Stähli wohl haben, so wie Flückiger ihn beschrieben hatte.

»Können Sie sie mal nehmen, dann kann ich besser nach dem Foto schauen. Sie ist schon den ganzen Morgen unruhig.« Beate Stähli hielt ihm Paula entgegen.

Perlmann nahm überrumpelt das Kind, während sie zurück zu den Fotos ging.

»Und die ›Pandora‹, die liegt jetzt in Konstanz? Ich versteh das alles nicht.«

Perlmann konnte nachvollziehen, dass Beate Stähli durcheinander war. Allerdings, das Baby auf seinem Arm gehörte eigentlich nicht zu seinem Aufgabenbereich. Die Kleine sah aus, als würde sie gleich mördermäßig losheulen. Er schnappte sich die Nuckelflasche in der Hoffnung, Schlimmstes damit verhindern zu können. »Ich geb ihr am besten ein bisschen Tee.«

Überfordert lächelte er zu Beate Stähli hinüber, während er gleichzeitig versuchte, mit dem Nuckel den Mund des Kindes zu treffen. Das war nicht einfach. Denn auch die Kleine reckte ihr Köpfchen nach ihrer Mutter und entwischte so seinen Versuchen.

Beate Stähli war vom Anblick ihres Kindes in Perlmanns Armen offenbar gerührt. »Haben Sie auch Kinder?«

Perlmann kämpfte weiter mit dem Nuckel. »Dazu müsste ich erst mal die richtige Mutter finden.«

Sie schien mit einem Mal alle Anspannung vergessen zu haben. »Wenn man den Richtigen gefunden hat, dann ändert sich das ganze Leben.«

Sie lächelte selig, und Perlmann konnte sie nur beneiden. So angekommen wie Beate Stähli war er in seinem Leben noch lange nicht. Sie war wahrscheinlich so alt wie er. Oder ein paar Jahre jünger. Zumindest deutlich jünger als Stähli. Aber so war das ja oft, wenn Geld im Spiel war. Und hier womöglich auch noch Liebe.

Perlmann dachte an Johanna und wurde sentimental. Paula registrierte diesen Stimmungswandel interessiert und lächelte ihn breit, wenn auch zahnlos, an. Perlmann versuchte mit Grimassen, ihr Lächeln noch breiter zu ziehen, was ihm mühelos gelang.

Beate Stähli hatte mittlerweile gefunden, was sie suchte. Sie hielt ein Porträtfoto ihres Mannes hoch. »Geht das?«

Urs Stähli strahlte selbstbewusst auf dem Foto. Ein Fels von einem Mann, gegen den seine Frau plötzlich noch zierlicher wirkte. Perlmann kam er bekannt vor. Allerdings wusste er nicht, woher. Später. Er würde später darüber nachdenken. »Danke.«

Er nahm das Foto, als Paula unerwartet plötzlich und energisch nach ihrer Flasche griff, sodass Perlmann mit Foto, Kind und Fläschchen ins Straucheln kam.

Beate Stähli rettete das Kind in ihre Arme. Aber die Kleine wollte mit aller Macht zu Perlmann zurück. Er war geschmeichelt. Es gab also doch noch Frauen, bei denen er landen konnte. Vielleicht sollte er Johanna eifersüchtig machen?

Er spürte Beate Stählis fragenden Blick auf sich ruhen. Eigentlich hatte er jetzt das Foto und konnte gehen. Oder noch ein paar Fragen stellen. Am besten zuerst eine rhetorische. Das entspannte die Leute.

»Und, war er der Richtige?«

»Wieso war? Er ist es noch.« Beate Stähli hatte alles Recht, empört zu sein. Perlmann verfluchte sich für seine

Ungeschicklichkeit, die eindeutig seinem zerrütteten Gesamtzustand zuzuschreiben war. Er murmelte eine Entschuldigung und starrte ausweichend auf Stählis Foto. Woher kannte er ihn?

»Sieht aus wie der Vater, oder?«

Perlmann war Beate Stähli dankbar für den Versuch, die vertrauliche Stimmung zwischen ihnen wiederherzustellen.

»Das dürfen Sie mich nicht fragen. Da bin ich kein Fachmann.« Er lächelte so charmant, wie ihm das in seiner verkaterten Verfassung möglich war.

Paula fing wieder an zu quengeln. Beate Stähli schaukelte sie beruhigend und hatte offensichtlich das Bedürfnis, zu reden.

»Ich weiß, es gibt einige Leute, die denken schlecht über Urs. Aber glauben Sie mir: Das ist nur Neid.«

Perlmann dachte automatisch an Stählis Werftleiter. »Und Kurt Weingarten? Ist der auch so ein Neider?«

Beate Stähli schien den Zusammenhang nicht zu verstehen. »Wie kommen Sie jetzt auf Weingarten?«

»Er war auf dem See unterwegs nach dem Leuchtsignal.«

Beate Stähli brauchte gar nicht erst zu überlegen. »Hören Sie, wenn mein Mann jemandem vertraut, dann ist es Kurt. Er ist unser bester Mitarbeiter. Ist zuverlässig, vertrauenswürdig. Da können Sie auch in der Werft fragen, wen Sie wollen. Das wird Ihnen jeder bestätigen.«

Perlmann hatte keine weiteren Fragen mehr. Ein nagendes Gefühl machte sich in seiner Magengegend breit. Er hatte Hunger. Brüllhunger. Auf was Kräftiges. In der Kantine gab's Schäufele mit Kartoffelsalat. Sonst nicht sein Geschmack. Aber heute konnte ihm nichts fett genug sein. Wenn er sich beeilte, erwischte er Klara noch.

Beim Gedanken an Klara sah Perlmann sich wieder leidend auf der Couch liegen. Lieber nicht daran erinnern, wo es ihm gerade etwas besser ging. Aber irgendwas war da, warum er jetzt an den Beginn des Tages dachte. Die Dienstwege in seinem Kopf waren weiterhin deutlich verlangsamt. Beate Stähli sah aus, als würde sie sein Besuch langsam strapazieren.

Perlmann konzentrierte sich. Was war am Vormittag im Büro gewesen? Hellmann kam mit den Fotos von der »Pandora«, Beckchen kritisierte die magere Ausbeute, Klara fiel was auf, und dann hatte er den ersten klaren Gedanken des Tages gehabt. Plötzlich wusste er es wieder.

»Frau Stähli, hat Ihr Mann eine Tauchausrüstung?«

***

Bei eisigem Wind glitt der Katamaran »Fridolin« von Friedrichshafen kommend mit zweiundzwanzig Knoten Richtung Konstanz. Für die vierundzwanzig Kilometer über den Bodensee würde das Doppelrumpfschiff um die fünfzig Minuten brauchen. Im Bistro wärmten sich die älteren Fahrgäste auf und genossen die Aussicht, weil gerade mal kein Nebel See und Gemüt verhängte. Auf der Plattform am Bug drängelte sich kreischend eine Schulklasse, frühe Pubertät, entsprechend aufgeputscht die Ausflugsstimmung. Die Mädchen fröstelten. Die Jungs machten auf cool. Der Katamaran schliff beinahe schwerelos über die aufgewühlte Wasseroberfläche, auf der in einiger Entfernung etwas Dunkles vorbeitrieb. Eines der Mädchen, dem die Frotzeleien ihrer Mitschüler zu doof waren, blickte angestrengt auf den See und das, was sie für ein großes Stück Treibholz hielt. Es dauerte einen Moment, bis sie verstand, dass da vor ihr vielleicht kein Holz auf den Wellen tanzte. Dann kreischte sie am lautesten von der ganzen Klasse.

***

Perlmann war von Beate Stähli in die Garage im Souterrain des Hauses geführt worden.

»Hier.«

An einem Gestänge mit zahlreichen Haken hingen neben Jacken und Regenüberwürfen auch zwei Taucheranzüge. Perlmann sah sie sich genauer an. Beate Stähli wartete angespannt. Sie hatte Paula nur ungern allein in der Wohnung zurückgelassen. In der Garage war es zu kalt für das kränkelnde Kind.

Perlmanns Blick fiel auf ein Paar nasser verschlammter Gummistiefel, als sein Handy zu klingeln begann. Er nahm das Gespräch an; es war Klara. »Perlmann?«

Beate Stähli horchte nach oben, ob bei ihrem Kind alles still war, Perlmann zusehends angestrengt in sein Handy. »Okay. Ja, ich verstehe. Wir kommen gleich. Alles klar.«

Er legte auf. Jeder Rest eines Katers war verflogen. Beate Stähli brauchte keine Sekunde, um zu verstehen.

»Haben sie ihn gefunden?« Ihr Blick war voller Angst.

Perlmann senkte den Kopf. Das war immer der schwierigste Moment in diesem Job.

***

Im Fahrstand der Targa drängten sich Klara, Flückiger und Steiner. Reto Flückiger manövrierte das Polizeiboot mit Höchstgeschwindigkeit über den See, während er sich per Funk die Information holte, wohin die Reise überhaupt ging. »Haben Sie die GPS-Position? Antworten.«

»39 Minuten, 38,23 Sekunden Nord.«

Er ging auf Kurs. »Verstanden und Schluss.«

Währenddessen suchte Marcel Steiner die Wasseroberfläche mit dem Feldstecher ab. Er entdeckte das treibende Objekt schräg rechts vor der Targa.

»Da vorne ist was.« Er gab das Fernglas an Flückiger weiter. »Etwa dreißig Grad steuerbord.«

Flückiger konnte aus der Entfernung nicht erkennen, was da auf den Wellen schaukelte. Sie hatten schon alles Mögliche aus dem See gezogen. Wegen falschem Alarm. Weil die Leute meinten, etwas gesehen zu haben.

Er setzte das Fernglas wieder ab, drehte das Steuer auf steuerbord und nahm mit aufschäumender Bugwelle Kurs auf das Treibgut.

Steiner ging, ohne dass sie sich darüber verständigen mussten, aus dem Fahrstand an Deck, um ihm rechtzeitig vom Bug aus Zeichen zu geben, wann er das Tempo drosseln sollte. Flückiger agierte hochkonzentriert. Auf keinen Fall durften sie das unbekannte Objekt rammen oder überfahren.

Klara verfolgte das Manöver interessiert. Steiner senkte die Hände zum Zeichen, dass Flückiger langsamer werden sollte. Dieser drosselte den Motor offensichtlich nicht schnell genug. Steiner hob und senkte seine Hände heftiger und rief ihm aufgeregt Kommandos zu. Im Fahrstand war davon kein Wort zu verstehen. Klara erinnerte sich an den Wortwechsel im Büro der Seepolizei. Flückigers Behauptung, er könne das Gespräch von Steiner und Weingarten in der Nacht auf dem See bezeugen. Ihr Gefühl, dass er in diesem Punkt nicht ehrlich zu ihr war. Und nun die Bestätigung. Sie wandte ihren Blick von Steiner ab und musterte Flückiger kritisch, was ihm entging, weil er voll und ganz damit beschäftigt war, die acht Tonnen Boot in seinen Händen rechtzeitig abzubremsen.

Der leblose Körper eines Mannes schaukelte auf der unruhigen Oberfläche des Sees, das Gesicht nach unten, die Arme zur Seite ausgestreckt. Klara, die zu Steiner raus auf Deck gegangen war, schloss für einen Moment die Augen. Man hoffte immer bis zuletzt.

Ihr fiel auf, dass Steiner beim Anblick des Toten regelrecht erstarrte. Sie würde ihn sich vornehmen müssen. Oder Flückiger. Oder alle zwei. Nicht gerade die ideale Grundlage für ihre weitere Zusammenarbeit.

Die beiden Männer breiteten den weißen Foliensack für die Bergung der Leiche auf der Heckfläche der Targa aus. Flückiger ließ die Plattform zur Wasseroberfläche hinunter. Sie angelten mit Bootshaken nach dem Leichnam und agierten dabei nahezu synchron und ohne Worte. Flückiger bekam den Körper schließlich zu fassen. Er dirigierte ihn vorsichtig zur Plattform; Steiner half ihm, den kräftigen Leib noch im Wasser umzudrehen. Sie griffen jeder unter eine Achsel des Toten und holten ihn mit Schwung an Bord. Klara betrachtete das wächserne Gesicht, in dessen halb geöffnetem Mund weißer Schaum zu sehen war.

»Ist das Urs Stähli?«

Flückiger nickte. Und erschrak, als Klara sich plötzlich auf Steiner stürzte.

»Nichts anfassen! Finger weg.«

Marcel Steiner hatte die Taschen des Toten durchsuchen wollen, ganz beiläufig. Routinemäßig. Aber Klara traute ihm nicht mehr über den Weg. Erst recht nicht, als sie sah, dass er kreidebleich wurde und nur widerwillig von Stählis Jacke abließ. Sie behielt ihn im Auge, als sie ihrerseits in die Knie ging, um zu sichern, was in Stählis Taschen war.

»Er hat noch gelebt, als er ins Wasser gefallen ist, sonst hätte er nicht dieses Bronchialsekret im Mund.« Flückiger war ebenfalls in die Knie gegangen, um das Gesicht des Toten genauer betrachten zu können.

Klara zog Stählis Handy aus der Innentasche seines Windbreakers. Sie sah Flückiger an. Ihre Gesichter waren keine Handbreit voneinander entfernt. Klaras Blick war frostig wie der Wind, der ihnen um die Ohren pfiff.

Steiner meldete sich nervös. »Das Handy ist doch sicher hinüber, oder?«

Klara verwahrte es sorgsam in einem Asservatenbeutel. »Meine Leute haben schon so manches technische Wunder vollbracht.« Sie sagte das ganz bewusst zu Steiner. Und keineswegs freundlich. Egal, welchen Part er in diesem Spiel hatte, er sollte ruhig ein bisschen grillen. Sie versenkte den Beutel in ihrer Handtasche und zog demonstrativ den Reißverschluss darüber zu.

Was immer ihm auf der Zunge lag, Steiner behielt es für sich. Er ging in die Hocke. »Sollen wir den Sack zumachen?«

Auf der Fahrt zurück nach Kreuzlingen blieb Klara bei dem Toten im weißen Leichensack im Heck des Polizeiboots. Ihr war danach. Und Steiner, der sich zu Flückiger in den Fahrstand geflüchtet hatte, schien nicht unglücklich über die räumliche Distanz.

Mit einem Mal brach die Sonne durch die nahezu geschlossene Wolkendecke und traf in einem sphärisch gleißenden Licht auf das Boot. Klara kannte diese »Himmelszeichen«, wenn jemand gestorben war. Früher hieß es daheim, dass der Tote dann im Himmel angekommen war und seinen letzten versöhnlichen Gruß zur Erde schickte. Also war Stähli angekommen, womöglich sogar im Himmel, was Steiners Theorie widersprechen würde – es sei denn, es gäbe einen überaus gnädigen Gott, der auch schwere Sünder in sein Elysium aufnahm. Die Szenerie war jedenfalls beeindruckend. Das Licht brachte das Wasser des Sees zum Leuchten. Für Stähli hoffentlich trotz seines gewaltsamen Todes ein würdiger Abschied.

***

Im Kreuzlinger Yachthafen wartete Klara am Kai auf Perlmann, während Stählis Leiche auf dem Polizeiboot von Bestattern sorgsam in den Transportsarg für die Rechtsmedizin gebettet wurde. Beate Stähli, die neben Perlmann die Kaimauer entlang auf Klara zukam, wirkte in ihrem hellen Wintermantel mit cremeweißem Schal von Weitem wie eine Lichtgestalt. Klara blickte zu dem Sarg. Ein seltsames Paar, der massige dunkle Mann und diese durchscheinend zarte Frau. Sie begrüßte Beate Stähli mit dem der Situation angemessenen Respekt.

»Frau Stähli?«

Beate Stähli nickte nur. Aus der Nähe wirkte sie noch zerbrechlicher. Ihr Blick wanderte unwillkürlich zu dem Boot, auf dem die Bestatter den Deckel auf den Sarg hievten. Klara hätte ihr diesen Anblick gern erspart.

»Klara Blum. Kripo Konstanz. Meine Schweizer Kollegen haben Ihren Mann zweifelsfrei erkannt. Es deutet einiges darauf hin, dass er einem Verbrechen zum Opfer fiel.«

Die Bestatter schraubten den Deckel fest, und Beate Stähli wurde noch bleicher. Klara konnte sich vorstellen, was in ihr vorging. Die Gewissheit des Todes war etwas, das sich nicht gleich begreifen ließ. Obwohl die Seele sofort wusste, dass nichts mehr so sein würde, wie es gerade eben noch war. Und der Körper alles spürte, auch wenn er sich taub anfühlte.

»Möchten Sie Ihren Mann noch einmal sehen?«, fragte sie behutsam.

Beate Stähli schüttelte matt den Kopf. »Ich möchte ihn gern so in Erinnerung behalten, wie er war.«

Klara hielt das für eine sehr gute Entscheidung. Beate Stähli sah nicht so aus, als wäre sie sehr belastbar. Und der Anblick eines Toten, auch wenn er nicht verletzt oder entstellt war, hatte schon ganz andere Kaliber umgeworfen. Außerdem erinnerte sich Klara, dass sie ein kleines Kind zu versorgen hatte. Sie würde ihre Kraft brauchen.

Als hätte sie Klaras Gedanken lesen können, wandte sich Beate Stähli bittend an sie. »Brauchen Sie mich noch?«

Klara verneinte mitfühlend. »Nein, vielen Dank.«

Beate Stähli verabschiedete sich und ging den Kai in Richtung Parkplatz zurück. Sie drehte sich ein letztes Mal um, genau in dem Moment, als die Bestatter den Sarg hochnahmen und vom Boot auf den Steg trugen. Perlmann rührte, wie sie da so allein und schmächtig stand.

Beginnender Schneefall und Klaras fragender Blick holten ihn in die nüchterne Realität ihrer Ermittlungstätigkeit zurück.

»Irgendwelche Hinweise auf Fremdeinwirkung?« Er folgte Klaras Blick zu den Bestattern, die Mühe hatten, den Sarg über die steile Treppe vom Steg auf den Kai zu hieven.

»Eindeutig. Er hat eine schwere Kopfverletzung. Sagt dir die Hutkrempenregel etwas?«

Perlmann musste nicht lange überlegen. »Oh ja. Meine

Dozentin in forensischer Traumatologie. Wow, war das ein Feger.«

Nicht die Antwort, die Klara erwartet hatte. Perlmann zwang sich, nicht ununterbrochen an Frauen zu denken.

»Hutkrempenregel. Also: Oberhalb einer gedachten Hutkrempe entstehen Verletzungen meist durch Schläge, unterhalb durch Stürze.«

Die Männer hatten die Treppe erklommen. Klara ging mit Perlmann ein wenig zur Seite. Um Platz zu machen für den Sarg. Aber auch, weil sie eine Sache wirklich beunruhigte.

»Bei Stähli handelt es sich um einen Schlag. Aber mir macht noch etwas anderes Kopfzerbrechen. Irgendwas stimmt mit unseren Kollegen von der Seepolizei nicht. Sie behaupten beide, dass sie den Einsatz gestern Nacht abgebrochen haben, weil Weingarten ihnen erzählt hat, dass das Signal vom Ufer kam. Der behauptet aber, dass er das nie gesagt hat. Also lügt einer.«

Perlmann nickte. »Aber wieso sollten uns die Schweizer Kollegen anlügen?«

Genau an dieser Frage nagte Klara seit einigen Stunden. »Keine Ahnung.« Sie hakte Perlmann unter und ging mit ihm zu der Treppe, die zum Steg mit dem Polizeiboot führte. »Weißt du was? Wir machen mal einen Test.«

ZWÖLF

Klara stieg zu Flückiger in den Fahrstand, während Perlmann Steiner am Bug des Polizeischiffes in ein Gespräch verwickelte. Flückiger trug gerade die Daten der Fahrt in das Fahrtenbuch ein. Klara sah ihm neugierig über die Schulter.

»In das Fahrtenbuch werden alle Einsätze eingetragen?«

Flückiger zeigte Klara bereitwillig das Buch. »Ja.«

Klara warf nur einen kurzen Blick in die Kladde. »Können Sie mal bitte den Motor für mich starten?«

Flückiger wirkte etwas verständnislos, tat aber, worum Klara ihn bat. Er drückte den Anlasserknopf. »Ja, klar.«

Der Motor der Targa sprang rund und kraftvoll an. Im Fahrstand war der Geräuschpegel gemäßigt. Aber von Perlmann und Steiners Unterhaltung draußen zwischen Steg und Bug war im Innern des Schiffs kein Wort zu verstehen. Klara musterte Flückiger wachsam.

»Und Sie wollen mir wirklich weismachen, dass Sie gehört haben, was Steiner und Weingarten geredet haben, während Sie hier am Steuer waren, bei laufendem Motor?«

Flückiger antwortete, ohne zu überlegen. »Ja. Die Tür war offen.«

Der hielt sie offensichtlich für richtig bescheuert. Klara ging zur seitlichen Fahrstandtür und öffnete sie mit einiger Wucht. Dann kehrte sie zurück zu Flückiger.

Dort hatte sich nichts verändert. Bis auf die für die Beweisführung nicht relevante Tatsache, dass Perlmann draußen in dem immer dichter werdenden Schneeregen heftig zu frösteln schien. Ansonsten unterhielten sich Steiner und Perlmann weiterhin. Und von dem, was sie einander erzählten, hörte man drinnen im Fahrstand weiterhin kein Wort.

Klara ging davon aus, dass Flückiger nun klein beigeben würde. Er hatte sowieso keine Chance. Aber er phantasierte munter weiter.

»Ich hatte den Motor abgestellt.«

Klara, die ihren Zorn darüber, fortwährend von Flückiger belogen zu werden, bisher im Zaum gehalten hatte, hatte gute Lust, wie eine Naturgewalt zu explodieren, so sauer war sie auf ihre »Amtshilfe«. Sie riss sich gerade noch zusammen.

»Nein! Hatten Sie nicht. Weil das Boot dann nicht manövrierfähig ist. Entschuldigen Sie bitte, aber erzählen Sie mir doch nicht so einen Mist!«

Als ob man ihm eine unzulässige Menge Blut abgezapft hätte, spürte Flückiger, wie er seine gewohnte ruhige Souveränität verlor und um Ausflüchte zu ringen begann. Er hatte diesen Mechanismus bei anderen studiert, früher, als er noch regelmäßig Verhöre geleitet hatte. Und er war ihm immer zuwider gewesen. Jetzt log er selbst. Aus einer Unachtsamkeit heraus. Um recht zu behalten. Um Steiner zu schützen. Wovor zu schützen? Klaras Augen waren schwarz vor Wut. Er hätte sich ohrfeigen können. Natürlich war sie zu klug und zu erfahren, um sich diesen Schwachsinn von ihm anzuhören. Aber zuzugeben, dass sie recht hatte, das schaffte er auch nicht.

»Ja, gut. Ich hab vielleicht nicht jedes Wort verstanden. Aber warum soll Marcel nicht die Wahrheit sagen?«

Genau diese Frage interessierte Klara brennend. Irgendetwas stimmte mit Steiner nicht. Flückiger machte einen Fehler, wenn er ihn dauernd in Schutz nahm.

Wie er sie geradezu lauernd beobachtete, als sie vom Fahrstand raus auf Deck ging und sich den jungen Seepolizisten zur Brust nahm.

»Sie erklären mir jetzt, was Weingarten tatsächlich gesagt hat.«

Perlmann stellte sich wie zu Klaras Verstärkung neben Steiner und musterte ihn kritisch von der Seite. In die Enge getrieben, suchte Steiners Blick automatisch Flückiger. Der bedeutete ihm, gefälligst zu tun, was Klara forderte.

Steiner stammelte sichtlich nervös: »Dass das Leuchtsignal vom Festland kam.«

Klara ließ die Katze aus dem Sack. »Er sagt aber, dass er das nicht gesagt hat.«

Steiner war sprachlos. Und auch Reto Flückiger brauchte einen Moment, bis diese Aussage bei ihm angekommen war. Perlmann bot die Pause die Möglichkeit, sich ermittlungstechnisch einzubringen und Steiner seine Vermutung nahezubringen.

»Vielleicht hatten Sie ja gar kein Interesse, den Grund für das Signal festzustellen?«

Auch wenn der Gedanke absurd schien und Perlmanns restvernebeltem Gehirn entschlüpft war, so beobachtete Klara Steiners heftige Reaktion doch sehr genau.

»Sie glauben doch nicht im Ernst, dass ich Urs Stähli umgebracht habe?«

Steiners Empörung troff am stoischen Perlmann ab wie der Schneeregen an den Fensterscheiben der Targa. Flückiger sah den Moment gekommen, wo auch er amtlich werden sollte.

»Hören Sie mal, das geht jetzt langsam aber wirklich zu weit.«

Wenn er geglaubt hatte, die Angriffslust der deutschen Kollegen zu bremsen, hatte er sich empfindlich getäuscht.

Der Schmusekurs zwischen Klara und ihm war endgültig vorbei. Und ihren Zorn hielt sie auch nicht länger zurück.

»Ach ja? Erst machen Sie eine falsche Aussage, und dann finden Sie, es geht Ihnen zu weit? Das geht *mir* jetzt zu weit.«

Perlmann hätte durchaus interessiert, wie Flückiger sein Verhalten Klara gegenüber rechtfertigen würde, aber Steiner war schneller und verteidigte sich vehement. »Der verdammte Drecksack Weingarten behauptet, er hätte das nicht gesagt? Er lügt! Dafür kann es nur einen Grund geben. Er wollte nicht, dass wir die ›Pandora‹ weitersuchen.«

Klara wünschte sich ein Ende dieses Tages herbei. Sie würde sich hinter die Seiten ihres dicken Buches zurückziehen und die Klugheit und Klarheit der Gedanken des oberschwäbischen Melancholikers genießen, entrückt von der Welt und ihren widerständigen Untiefen. Stattdessen musste sie hier einem wild gewordenen Seepolizisten erklären, dass sie nicht grundlos Fragen stellte oder Vermutungen anklingen ließ.

»Die Angaben von Weingarten sind belegbar. Zum Zeitpunkt, als das Notsignal abgefeuert wurde, war er in Konstanz. Erst bei einem Kunden und dann beim Einkaufen.«

Für Flückiger bewies das noch gar nichts. »Dann war es eben nicht Weingarten!«

Perlmann nervten die beiden Schweizer Kollegen zusehends. Hatte Klara nicht gesagt, dass das ihr Fall war und die beiden nur Amtshilfe leisten sollten? Stattdessen wurde verschleiert und vertuscht, vermutet und verleumdet. So ging das nicht. Außerdem war er langsam wirklich richtig hungrig. Und wenn er richtig hungrig war, konnte er auch mal spitz werden.

»Sondern? Der große Unbekannte, oder was?«

Klara setzte noch einen drauf. »Nein, lassen Sie mich raten: Die Drogenmafia, an die selbst Ihre Kollegen nicht glauben.«

Stimmung und Außentemperatur auf der Targa waren auf einem Tiefpunkt angelangt. Reto Flückiger murmelte nur mehr verbissen ein »Jetzt machen Sie aber mal einen Punkt«, was Klara gar nicht richtig hörte, weil sie Steiner auf den Fersen blieb, der von ihren Verdächtigungen genug hatte und vom Boot wollte.

»Zwei Boote waren in der Nacht unterwegs: Ihres und das von Weingarten. Sie sagen, er hat Sie heimgeschickt. Er behauptet das Gegenteil. Nur der Mörder von Stähli konnte ein Interesse daran haben, dass die Suchaktion abgebrochen wird.«

Klara hatte Steiner eingeholt und nagelte ihn mit Blicken fest.

»Wo waren Sie vor dem Einsatz? Waren Sie als Erster hier am Boot?«

Steiner deutete so etwas wie ein Nicken an. Sein Blick kreuzte sich mit dem seines Chefs. Flückiger schien plötzlich eins und eins zusammenzuzählen und wurde bleich.

Klara sah, wie Steiner bedrängt schluckte. Sie war also auf der richtigen Spur.

»Sie haben mir nur die Schiffsdaten von dem Einsatz gegeben. Ich will die Daten sehen, die davor aufgezeichnet sind!«

Bevor er losrannte, sah Steiner fast entschuldigend zu seinem Förderer und Mentor. Dann sprang er über die Reling auf den Bootssteg und jagte davon.

»Hey, Marcel. Mach kein Scheiß!«

Flückiger konnte nicht glauben, was er da sah.

Perlmann reagierte unverzüglich und gratulierte sich

innerlich zu seiner offensichtlich wieder völlig hergestellten Einsatzfähigkeit, als er merkte, dass zumindest Laufen in gewohnter Form problemlos ging. Er nahm Steiners Verfolgung in hohem Tempo auf, während Klara den Flüchtenden pflichtgemäß verbal aufzuhalten versuchte: »Steiner. Bleiben Sie stehen!«

Steiner rannte um sein Leben. Er hatte Perlmann für einen verwöhnten Bubi gehalten. Jetzt rückte er ihm mit affenartiger Geschwindigkeit auf den Leib. Steiners einziger Vorteil war, dass er sich hier auf dem Gelände des Kreuzlinger Yachthafens auskannte.

Sein Puls raste, die Halsader pochte. Er saß zu viel vor dem Computer und im Büro. Das rächte sich jetzt. Er durfte sich keinesfalls einholen lassen. Niemand würde ihm glauben, was in der letzten Nacht wirklich passiert war.

Die Hallen vom Sportfischer-Verein. Er musste es schaffen. Quer über den Hof vom »Seegarten«, durch die Schuppen hindurch. Seine Brust drohte zu zerreißen, er bekam kaum noch Luft. Seine Beine schienen unabhängig vom Rest des Körpers zu funktionieren und liefen einfach weiter, während vom Rippenbogen aufwärts ein unerträgliches Brennen alles überzog, bis in die Augen hinein, dass sein Blick verschwamm und er gerade noch die Tür erreichte, von der er wusste, dass sie offen stand. Weil in der Halle nichts war. Da sollte im Winter umgebaut werden. Kein ideales Versteck, aber mit etwas Glück kam er so aus der Nummer erst einmal raus.

Mit letzter Kraft kroch er keuchend in einen Winkel und heulte fast vor Schmerz.

Perlmann folgte ihm nur wenige Sekunden später. Er stand in der Halle, atmete selbst schwer. Bei körperlicher

Anstrengung machte sich doch wieder der Restalkohol bemerkbar. Er sah sich um. Da war nichts, bis auf altes Gerümpel, an dem er sich weder seine Budapester noch seinen Burberry-Trench schmutzig machen wollte.

Er zwang sich, ruhiger zu atmen, und lauschte. Steiner war kein guter Läufer, das hatte er gleich gesehen. Wenn er hier in dem Lager war, müsste er ihn um Luft ringen hören. Aber er hörte nichts außer Stille, von draußen vereinzelt Möwengeschrei.

Perlmann verharrte eine Minute und war überzeugt, Steiner verloren zu haben. Er verließ die Halle abgekämpft und nicht gerade stolz auf sich selbst. Aber ein anderer an seiner Stelle wäre nach dieser Nacht gar nicht zum Dienst erschienen. Klara hatte mit ihm also durchaus noch Glück.

Steiner in der Halle atmete endlich: schwer, laut, schmerzhaft. Die Situation war fatal. Er hatte keine Ahnung, was er nun tun sollte.

DREIZEHN

Im Computerraum der Seepolizei checkte Zacchi zusammen mit Flückiger die Einsatzdaten vom Vorabend.

»Die Daten werden automatisch alle drei Tage überschrieben.« Spätestens seit Steiners Flucht wusste Flückiger nicht mehr, wie er mit Klara umgehen sollte. Er verstand ihren Zorn. Gleichzeitig überforderte ihn die Situation. Er machte sich Sorgen um Marcel, konnte sich sein Verhalten nicht erklären. Außerdem hatte er gelogen und sich auch noch dabei erwischen lassen. Dabei war es keine echte Lüge gewesen, zumindest keine mit Absicht oder Vorsatz. Er war da in etwas hineingeschlittert, weil er nicht ahnen konnte, wohin das alles führen würde. Eigentlich müsste er jetzt mit Klara reden. Aber die blieb kühl und, wie er zu spüren meinte, mit Vorwurf auf Distanz.

»Dann müssten sie ja noch da sein.«

Zacchi durchforstete die Einsätze und stieß auf eine fehlerhafte Datei. »Komisch. Die halbe Stunde vor dem Einsatz ist gelöscht.« Auf dem Schirm blinkte über den Umrissen des Bodensees in roten Lettern die Meldung »FEHLERHAFTE GPS-Tracking-Daten«.

Klara hatte so etwas erwartet. Sie brauchte jetzt vertrauenswürdige Partner und korrekte Daten. Also überging sie Flückiger bewusst und hielt sich an Zacchi. »Gibt es irgendwo ein Back-up?«

Zacchi musste passen. Die Situation hatte er noch nie gehabt.

Auch wenn Flückiger schier die Zähne nicht auseinanderbekam, war das hier Chefsache. Und er musste sich mit Klara so oder so wieder arrangieren. Er machte einen Schritt auf sie zu, indem er Zacchi eine dienstliche Anweisung gab: »In der Notrufzentrale in Frauenfeld wird zusätzlich aufgezeichnet. Frag da mal nach.«

Zacchi ging offenbar gern aus dem direkten Schussfeld. Die Spannung zwischen Klara Blum und Flückiger war spürbar.

Klara wurde es heiß in dem stickigen Apparatedunst der in Dauerbetrieb laufenden Rechner. Sie wickelte ihren Schal vom Hals und stellte Flückiger die Kardinalfrage: »Glauben Sie immer noch, dass Steiner unschuldig ist?«

Beide wussten um die Schwierigkeit der Situation. Flückiger würde es sich sehr genau überlegen, bevor er einen Kollegen, noch dazu seinen Zögling, offen verdächtigte. Klara musste im Mordfall Stähli ermitteln und war auf Flückigers Amtshilfe angewiesen. Ohne ihn durfte sie auf Schweizer Boden rein gar nichts unternehmen.

Auch wenn Flückiger Perlmann sonst eher mit der gleichen herablassenden Distanz begegnete wie der ihm, war er diesmal regelrecht froh, als er abgekämpft in den Computerraum torkelte und auf Klaras fragenden Blick bedauernd den Kopf schüttelte. Klara brachte ihn auf den neuesten Stand.

»Die Daten sind tatsächlich manipuliert worden.«

Für Perlmann, der sich maßlos ärgerte, dass Steiner ihn abgehängt hatte, war damit die Sache klar. »Dafür kann's ja wohl nur eine Erklärung geben, oder?«

Flückiger reagierte nicht gleich, weil er die Unterstellung weiterhin für viel zu absurd hielt, um sich auch nur im Ansatz damit auseinanderzusetzen. Aber dann sah er Klaras todernsten Blick auf sich gerichtet.

»Marcel ist ein Hitzkopf, okay. Aber deswegen ist er noch lange kein Mörder!«

Perlmann zeigte sich wie immer unbeeindruckt von Flückiger. Seine Antennen reagierten ausschließlich auf weibliche Schlüsselreize, da allerdings sehr stark. Er präsentierte seine neueste Theorie.

»Vielleicht wollte er ihn gar nicht umbringen, sondern nur auf frischer Tat ertappen. Dann ist die ganze Sache halt eskaliert.«

Hauptsache lässig, dachte sich Flückiger, als er Perlmann beinahe malerisch mit seinem Trench in der Tür lehnen sah. Wahrscheinlich war er auch so, als er zehn, fünfzehn Jahre jünger gewesen war. Jetzt trug er einen Haufen Verantwortung. Für seine Abteilung und vor allem für Marcel.

»Der Junge hat eine Menge durchgemacht. Ich bin absolut sicher, dass er nicht der Täter ist.«

So, wie Flückiger da stand, wirkte er auch »absolut« glaubhaft. Klara hatte das dringende Bedürfnis, raus aus diesem Büro, weg von diesem Hafen zu kommen, in ein Café, vielleicht das »aran«, mit dem riesenhaften Eichentisch in der Mitte und den Sesseln in den Fensternischen. Da konnte sie am besten denken, umgeben von Menschen, die zumindest ihr gegenüber nichts zu verbergen hatten. Manchmal genügte die Beobachtung einer Geste oder ein aufgeschnappter Gesprächsfetzen, dass sie wie aus dem Nichts Zusammenhänge erkannte oder den Weg aus einer gedanklichen Sackgasse herausfand.

Im Büro der Seepolizei half ihr freundlicherweise der diensthabende Beamte Zacchi, der mit einem Computerausdruck der Daten zurückgeeilt kam, die ihm die Kollegen in Frauenfeld übermittelt hatten.

»Das Back-up: Unmittelbar vor dem Noteinsatz war die Targa bereits auf dem See unterwegs.«

Die Wucht dieser Nachricht stand einen langen Moment unkommentiert im Raum. Klara überließ es Flückiger, zuerst darauf zu reagieren.

Der musste sich erst mal gegen Zacchi und dessen vielsagenden Blick behaupten. Mit einem unterkühlten »Danke« schickte er ihn zurück an die Arbeit. Es wunderte ihn nicht, dass Zacchi nur ungern ging. Natürlich war er neugierig und wollte wissen, wer bei ihnen Daten gelöscht hat. Aber er war nicht derjenige, der sich deswegen mit seinem Chef angelegt hätte.

Zacchi war kaum außer Hörweite, als Flückiger einen wütenden Kraftausdruck nicht länger zurückhalten konnte. Klaras beredtes Schweigen erhöhte den Druck, unter den er durch den neuen Tatbestand geraten war, beträchtlich. Er wollte nicht glauben, was sich ihm als Gewissheit aufdrängte.

»Er war tatsächlich vor mir da an dem Abend.«

Als von Flückiger an Analyse weiter nichts kam, gab Klara ihre Reserve auf und ging auf Konfrontation. »Er fährt heimlich raus, er löscht die Daten. Warum macht er das, wenn er unschuldig ist?«

Der scharfe Ton, der Blick, der ihn festnageln wollte, Flückiger kannte das aus unzähligen Verhörsituationen. Allerdings war immer er derjenige gewesen, der die Fragen stellte.

Er entzog sich gereizt und ging zum Fenster, fast als hoffte er, dass in dem Allerleigrau des trüben Nachmittags Marcel plötzlich auftauchte und festen Schritts auf das Polizeigebäude zuginge.

»Ich weiß es doch auch nicht.«

Klara ließ nicht locker. »Warum haben Sie für ihn gelogen?«

Perlmann verfolgte das Duell abwartend. Klara war die Chefin, und sie war gut. Sie hatten sich in fünf Jahren aufeinander eingestellt, und solange sie ihm seine Freiräume ließ, hatte er keinen Grund, sich in den Vordergrund zu spielen. Aber Flückiger musste aufpassen. Wenn er Klara weiter vorenthielt, was er über Steiner wusste, würde sie sehr ungemütlich werden. Perlmann, der an diesem Tag alkoholbedingt sentimental gestimmt war, empfand fast so etwas wie Mitleid für Flückiger. Der riss sich von seinem freudlosen Ausblick los und wandte sich zu Klara um.

»Jeder hier hat gesehen, dass Marcel und Stähli wie die Kampfhunde aufeinander los sind nach der Bootsprüfung. Da könnte man schnell falsche Schlüsse ziehen.«

Klara schien von seinen Worten gänzlich unbeeindruckt. »Wie lange wollen Sie ihn denn noch decken?«

Etwas gab nach in Flückiger. Bisher hatte er in Klara trotz allen Stresses, der sich im Lauf dieses Tages aufgebaut hatte, eine Frau gesehen, die er beeindrucken und für sich gewinnen wollte. Als sie sich nun vor ihm aufbaute, auf der Suche nach der Wahrheit in einem Mordfall, mit dem sein Zögling Marcel in welcher Weise auch immer zu tun haben sollte, flippte er aus.

»Was heißt denn hier decken!«, schrie er.

Klara konnte auch laut werden. »Dann sorgen Sie dafür, dass er zur Fahndung ausgeschrieben wird!«

Flückiger drohte Klara mit dem Zeigefinger. »Jetzt machen Sie mal halblang, Frau Blum.«

Er schaffte dringend benötigte Distanz zwischen sich und der Konstanzer Hauptkommissarin, indem er zurück zu den Computern ging und mit dem Ausdruck der Einsatzdaten wedelte.

»Der Junge hat vorhin einfach die Nerven verloren. Ich gebe ihm noch eine Chance, dass er sich freiwillig meldet. Wenn er bis morgen früh nicht auftaucht, dann geht die Fahndung raus. Und wenn Ihnen das nicht passt, dann können Sie mich morgen von mir aus wegen Befangenheit ersetzen lassen.«

Klaras aufgebrachtes »Das werde ich auch tun!« bekam Flückiger schon gar nicht mehr mit, weil er hilflos und gleichzeitig aufgewühlt die Flucht zu den Kollegen in den benachbarten Amtsstuben suchte. Dass das nicht die feine Art war, wusste er selbst. Aber er wusste auch, dass das Gespräch ein Niveau erreicht hatte, auf dem Argumente alles nur noch schlimmer machten. Er brauchte Abstand, Ruhe zum Nachdenken. Vor allem musste er Marcel finden. Und zwar so schnell wie möglich.

Er hatte keine Ahnung, was den Jungen dazu veranlasst hatte, die Flucht zu ergreifen. Und nachts mit dem Boot auf den See zu fahren, auf dem auch Stähli gewesen war. Der die Nacht nicht überlebt hatte. Flückiger vertraute Marcel Steiner. Aber die Indizien sprachen erdrückend gegen ihn.

Flückigers Magen knurrte. Außer Kaffee hatte er an diesem Tag noch nichts Ordentliches zu sich genommen. So konnte er nicht denken. Außerdem fuchste es ihn, dass die Begegnung mit Klara, die so fein und schwebend auf dem morgendlichen See begonnen hatte, in kürzester Zeit in Auseinandersetzungen gemündet war, die an Schärfe kaum zu überbieten waren.

Klara rauschte mit Perlmann im Gefolge aus dem Behördenbau. »Wir sind in der Schweiz. Ohne Amtshilfe dürfen wir noch nicht mal nach der Uhrzeit fragen. Lass uns fahren. Wir müssen noch zu Hellmann.«

Auf dem Weg zum Auto nestelte sie Stählis Handy aus ihrer Tasche. »Das Handy gehörte dem Toten. Vielleicht klärt es, ob Steiner mit Stähli vor dessen Tod telefoniert hat. Dann hätten wir wenigstens was in der Hand.«

Perlmann übernahm das Beweisstück zweifelnd. »Das glaub ich nicht. Mir ist mal mein Handy ins Nudelwasser gefallen. Da ging gar nichts mehr.«

Er wollte wie üblich zur Beifahrerseite, aber Klara gab ihm den Autoschlüssel. Ihr Adrenalinpegel war am Anschlag. Damit fuhr sie höchstens bis zum nächsten Baum.

Sie ließ sich neben Perlmann auf den Beifahrersitz fallen. Zusammen mit ihrer Wut wurde es etwas eng in dem geräumigen Dienstfahrzeug. Perlmann überlegte kurz, ob reden wohl helfen würde, dachte an Johanna und entschied sich für Ja.

»Sagen Sie mal, Frau Blum, wollen Sie den Flückiger wirklich ersetzen lassen?«

Klara ging schon allein bei der Erwähnung von Flückigers Namen wieder auf hundertachtzig. »Er ist eindeutig befangen.«

Die gewisse Überempfindlichkeit seiner Chefin dem Chef der Kreuzlinger Seepolizei gegenüber animierte Perlmann dazu, sie ein wenig zu reizen. »Aber er ist ein guter Typ.«

»Was soll denn das jetzt?«

Volltreffer. Und süß, wie sie versuchte, ihre Gefühle zu verbergen. Perlmann reizte weiter. »Nix. Gar nix. Ich dachte nur, er gefällt Ihnen.«

Ohoh, der Blick. Gleich stieg sie aus.

»Sag mal, kannst du dich mal um dein eigenes Privatleben kümmern?«

Perlmann zückte sein Ass im Ärmel: Hundeblick und trockener Humor. »Welches Privatleben?«

Die Andeutung eines Schmunzelns um ihre Augenwinkel. Der Trick klappte einfach immer. Außer bei Johanna. Egal. Perlmann startete den Motor.

»Wissen Sie was, Frau Blum? Bei unserem Glück in der

Liebe sollten wir es mal im Casino probieren. Ich glaube, da könnten wir zwei ganz groß absahnen.«

Sie strahlte! Klara grinste über die gesamte Breite ihrer außergewöhnlichen Backenknochen. »*Les jeux sont faits.*«

Und jetzt zwinkerte sie Perlmann auch noch zu. Er liebte seine Chefin. Manchmal. Sie konnte in einem Moment aus Stahlbeton sein, um dann, plötzlich, wie von innen heraus leuchtend, eine Wärme und Heiterkeit zu verbreiten, die alles umarmte, was nicht rechtzeitig auf den umstehenden Bäumen war.

Auch wenn der Tag heute höchstens eine Drei minus war, Klaras Lächeln entschädigte Perlmann für vieles. Vielleicht sollten sie wirklich mal zusammen ins Casino.

VIERZEHN

Im Bootshaus der Konstanzer Wasserschutzpolizei hatte Hellmann mit seinen Jungs von der KTU die »Pandora« bis in ihren letzten Hohlraum durchsucht. Sie hatten außer den von Klara auf der Treppe entdeckten Blutspuren auch welche auf dem Einstiegsdeck und an dem Bleigürtel gefunden.

Hellmann freute sich auf die immer wieder anschauliche Demonstration, die er gleich veranstalten würde und für die er das Einstiegsdeck der Yacht mit lichtundurchlässigen Planen komplett hatte verdunkeln lassen. Eifrig begrüßte er Klara und Perlmann.

»Ihr kommt gerade rechtzeitig. Gleich geht's los.«

Er gestikulierte wichtig mit einer gelben Sprühflasche, während er Klara und Perlmann so lange hin und her dirigierte, bis sie seiner Meinung nach optimale Sicht auf seine Versuchsanordnung hatten.

»Also, ich hoffe, dass sich in den Holzspuren noch einiges nachweisen lässt. Geht mal bitte da rüber. Naa. Da.«

Klara war gespannt. Sie grüßte Walter, der ein letztes Mal die Planen checkte, damit das Deck in wirklich völliger Dunkelheit liegen würde, wenn die Scheinwerfer ausgeschaltet waren, die es jetzt noch ausleuchteten.

Hellmann legte mit der Sprühflasche auf die Holzoberfläche des Decks an. »Ihr wisst ja: Luminol ist nur wenige Sekunden sichtbar.«

Er sprühte in akribischen Querstreifen das gesamte Holzdeck ein und gab Walter wichtigtuerisch ein Zeichen. »Licht aus.«

Walter schaltete die Scheinwerfer aus. Auf dem Dielenboden erstrahlte ein Muster aus Tropfen, Spritzern und Schlieren in phosphoreszierendem Blau.

»Immer wieder beeindruckend«, sagte Perlmann.

Klara konnte Hellmanns Gesicht zwar nicht sehen, aber sie wusste, dass er jetzt stolz in sich hineinlächelte und Perlmanns Bemerkung, die auf den faszinierenden chemischen Prozess abzielte, auf sein persönliches Konto buchte. Langsam verblassten die leuchtenden Flecken wieder und verschwanden.

»Licht wieder an.«

Klara hatte recht. Hellmann grinste stolz über das ganze Gesicht.

Walter, als Wasserschutzpolizist nicht täglich mit Mordermittlungen befasst, lernte gern auch mal dazu. »Und was sagt uns das?«

Hellmann war ganz in seinem Element. »Ich glaube nicht, dass auf das Opfer geschossen wurde. Dafür sind die Tropfen einfach nicht fein genug verteilt. Das Muster passt besser zu einem Schlag. Die Spritzer liegen genau in einem Winkel. Das heißt?«

Kunstpause. Klara und Perlmann warteten geduldig auf die Erklärung. Hellmann hob gewitzt seinen Zeigefinger. »Nur *ein* Schlag!«

Er holte Luft für weitere Erklärungen, als Klara freundlich an ihre Stirn tippte. »Ja, und zwar hier oben, auf der Stirn.«

»Kannst du hellsehen?«

Perlmann grinste. Schön, wie elegant Klara den Kollegen von der Spusi hatte auflaufen lassen. Hellmann war zwar gut, aber er konnte auch ganz schön nerven.

Klara dagegen tat Hellmann fast schon wieder leid. Er war immer mit solchem Eifer bei der Arbeit. »Nein, Stählis Leiche ist gerade geborgen worden.«

»Spielverderber.« Hellmann sah aus wie ein Kind, dem man ein Eis gekauft hat, um es ihm gleich wieder aus den Händen zu nehmen und vor seinen Augen genüsslich selbst zu verspeisen.

Klara tröstete ihn. »Keine Sorge. Es sind noch genug Fragen offen. Also, was ist hier genau passiert?«

Hellmann erholte sich schnell von der schmerzlichen Enttäuschung, dass Klara ihm mit der Auflösung seines Experiments zuvorgekommen war. »Ach so, ja.«

Seine Arbeit war und blieb das Herz der Ermittlungstätigkeiten. Er hatte Spuren gefunden, kombiniert, sich Gedanken gemacht. Für ihn war der Tathergang so gut wie klar. Er suchte umsichtig nach einem sicheren Abstellplatz für das Luminol und warf sich in Positur.

»Der Stähli« – Hellmann sprintete vom Deck hinein in das Bootsinnere, zum Fahrstand, nahm eine der Leuchtpatronen aus dem Futteral und sprintete damit zurück an Deck – »kommt mit der Leuchtpistole aus dem Fahrstand. Er schießt das Notsignal ab.« Hellmann tat so, als schieße er mit der Leuchtpistole. »Er bekommt einen Schlag von oben auf den Kopf« – Hellmann vollführte eine angedeutete Schlagbewegung auf seine Stirn – »und bricht bewusstlos zusammen. Da.«

Zu Perlmanns und Walters Erleichterung ersparte Hellmann es ihnen, zur Verdeutlichung des Vorgangs eine Ohnmacht zu simulieren.

Klara war Hellmanns Ausführungen konzentriert gefolgt. »Tatwaffe?«

Hellmann war dankbar, endlich seinen Lapsus vom Vormittag wettmachen zu können, als ihm auf den Fotos nicht aufgefallen war, dass da etwas ausgesprochen unmotiviert auf dem Deck der »Pandora« herumlag.

»Ich schätze, der Bleigürtel. An ihm ist auch Blut. Vermutlich vom Opfer. Aber genau kann euch das der Wehmut nach der Obduktion sagen.«

Beim Gedanken an die Rechtsmedizin und den Geruch von kaltem Blut und anderen Körpersäften wurde Perlmann übergangslos schlecht. Er schluckte vehement hinunter, was sich Virtuelles aus seiner Magengegend meldete, und war froh, allen Hungerattacken des Tages standgehalten und außer Kaffee noch nichts zu sich genommen zu haben. Bis auf die Aspirin. Da rebellierte sein Magen immer. Perlmann bemitleidete sich ausgiebig, während Hellmann weiter Ermittlungsballett tanzte.

»Der Täter schleift den Stähli zur Reling und wirft ihn über Bord. Er kommt zurück und tritt dabei da und da in die Blutspuren.« Hellmann sprang grazil von »da« nach »da«. »Er geht runter in die Pantry, mit Blut an seinen Schuhen.« Hellmann hüpfte die Treppe hinunter in die Schiffsküche, dann gestisch einen Eimer schleppend auf Deck zurück. »Holt Wasser, um das Deck wieder sauber zu machen.«

Perlmann erinnerte sich dunkel, dass Klara von Blutspuren auf einer Treppe in der Yacht gesprochen hatte. »Und seine eigenen Spuren auf der Treppe hat er vergessen?«

Hellmann, immer bestrebt, Kollegenbeiträge angemessen zu würdigen, lächelte ihm gespielt beeindruckt zu. »Exakt.«

Klara überlegte laut. »Es war dunkel. Er hatte es eilig. Er wusste, dass nach dem Notsignal gesucht werden würde. Er klettert zurück auf sein eigenes Boot und verschwindet.«

Hellmann nickte diesmal ehrlich anerkennend. Klara war eine Vorgesetzte. Er kannte seinen Platz in der Hierarchie. Außerdem war sie gut und sehr viel angenehmer im Umgang als mancher männliche Kommissar. Er wollte Klara gerade ein Kompliment zu ihrer Analyse machen, als vom Kai lautes Hundegebell in das Bootshaus drang.

»Das muss der Hund vom Zoll sein.« Walter ging nach draußen, während Hellmann sich galant von Klara verabschiedete.

»Wir wären hier so weit dann auch fertig.«

Mit Perlmanns Hilfe fand Klara den Weg durch das Planengewirr raus auf den Steg. Ein kräftiger Schäferhund strebte an der kurzen Leine, an der ihn sein eher schmächtiger Führer mit vollem Körpereinsatz hielt, auf sie zu. Klara grüßte den Kollegen von der Drogenpolizei und schickte ihn weiter auf die Yacht.

»Das ist eindeutig das Werk eines Anfängers. Das war kein Profikiller. Der hinterlässt doch nicht solche Spuren.«

Perlmann brauchte einen Moment, um zu kapieren, dass Klara auf Steiners Verdächtigung anspielte: Stähli im Sumpf des internationalen Drogenhandels.

Sie hatte recht. Wenn die organisierte Kriminalität Stählis Tod zu verantworten hatte, hätte Hellmann auf der »Pandora« keine breit gelegte Spurenautobahn vorgefunden.

»Aber an eine Beziehungstat glaube ich auch nicht. Die Frau vom Stähli, die mitten in der Nacht ihrem Mann auf dem See einen Bleigürtel über die Rübe zieht. Nein, das glaube ich nicht.«

Klara konnte zu Beate Stähli anhand des kurzen Eindrucks, den sie sich von ihr nach der Bergung ihres Mannes gemacht hatte, nichts sagen. Sie hielt sich lieber an die Fakten.

»Also, zwei waren auf jeden Fall auf dem See unterwegs: Weingarten und Steiner.«

»Ja. Und Reto Flückiger.«

Perlmann sah, wie Klara erst zusammenzuckte, um ihn dann vorwurfsvoll anzufunkeln.

»Na, der wird's ja wohl nicht gewesen sein.«

Da war sie wieder, diese auffallende Empfindlichkeit. Perlmann war verunsichert. Sie mussten doch trotz aller Gefühlsverwirrungen offen reden können, auch über »Reto«. Er würde es erneut mit seinem entwaffnenden Humor versuchen.

»Ach, sind Sie jetzt auch befangen?«

Offenbar kam der Scherz nicht so gut an wie sein letzter. Klara lächelte so gut wie gar nicht. Perlmann verzog sich lieber, bevor sie sich wieder mit einem Kommentar in Richtung Johanna revanchieren konnte. »Ich schau noch mal runter.«

Er schlängelte sich an Hellmanns Helfern vorbei, die die Yacht von den Abdeckplanen befreiten, zurück an Bord. Mal sehen, ob der Drogenhund auf der schwimmenden Villa ähnlich fündig werden würde wie der engagierte Kollege Hellmann.

Klara blieb sauer auf Perlmann auf dem Steg zurück. Verkatert war er wirklich kaum zu gebrauchen, geschweige denn zu ertragen. Ein berückender Duft stieg ihr in die Nase. Ein Hauch Verveine, der süße Duft von Jasmin. Oder war das Rose? Sie ahnte, woher die Verheißung wehte.

Als sie aus dem Bootshaus in das fahle Licht des Nachmittags trat, sah sie Walter mit seiner Thermoskanne und einem Becher, aus dem es freundlich dampfte, am Geländer der Hafenmole lehnen. Klara zog bedürftig die Schultern hoch und ging zu ihm.

»Ist das Tee?«

Walter reichte ihr den Becher. »Willst du auch einen Schluck?«

Er hatte seine Frage noch nicht zu Ende gesprochen, als Klara bereits danach griff. »Gern.«

Sie kostete neugierig und genoss die berückenden Aromen, bevor die warme Flüssigkeit in ihr durchgefrorenes Inneres floss und sich dort wohltuend ausbreitete. Die Mischung musste sie haben. Aber zuerst brauchte sie andere Informationen.

»Sag mal, Walter, kennst du deine Schweizer Kollegen? Marcel Steiner? So ein ganz junger?« Sie ließ einen weiteren Schluck in ihrer Mundhöhle kreisen. Köstlich!

Walter überlegte, schüttelte dann den Kopf. »Ich kenn nur den Chef, vom Regattasegeln.«

Wie auch immer es passierte, Klara verschluckte sich an dem Tee und verbrannte sich fast die Speiseröhre. »Reto Flückiger?«

Walter nickte respektvoll. »Ist ein Klassesegler. Der spart jeden Urlaubstag und heuert dann immer auf großen Yachten im Atlantik und Pazifik an.«

»Klassesegler« war aus Walters Mund ein echtes Kompliment. Er kannte sich mit Segeln mindestens so gut aus wie mit Tee.

Bevor Klara weiter nachhaken konnte, was Walter über Flückiger wusste, kam Perlmann aus dem Bootshaus. Er beendete sehr souverän ein Telefonat und schlenderte ausnehmend freundlich auf Klara zu. Sie zeigte ihm deutlich, dass sie weiterhin verstimmt war. Perlmann erstattete unbeeindruckt Bericht.

»Also, von Drogen keine Spur. Beckchen hat gerade angerufen. Die Anwälte von dem Yachtbesitzer, dieser Russe, ähm ...« Er musste kurz überlegen. Eigentlich war er doch wieder ganz klar. Er hatte es gleich. Ah ja: »... Sergej Pawlenko!« Perlmann lächelte stolz. »Also, seine Anwälte sind gerade im Präsidium aufgetaucht.«

»Der beauftragt schon seine Anwälte? Der weiß doch noch gar nicht, was wir von ihm wollen?« Klara strafte Perlmann ein wenig mit Nichtachtung, indem sie Walter den Becher freundlich bittend hinhielt, damit ihn dieser ebenso freundlich wieder füllte.

Perlmann hatte noch mehr Informationen. »Sie sagen, dass er der Vorladung nicht nachkommen kann, weil er seit drei Wochen in den USA auf einer Geschäftsreise ist. Das kann auch bewiesen werden. Außerdem möchten sie sich die Yacht ansehen im Hinblick auf mögliche Regressansprüche, die durch die Beschlagnahme entstanden sein könnten.«

Perlmann staunte, wie flüssig und grammatikalisch wohlgeformt er trotz der vorangegangenen Nacht plötzlich wieder formulieren konnte. Klara nahm das als selbstverständlich und reagierte unwirsch.

»Das kommt überhaupt nicht in Frage. Die Yacht bleibt hier unter Verschluss.«

Sie kramte in ihrer Manteltasche und fand schließlich, was sie suchte. »Kannst du mal das Alibi von Weingarten überprüfen? Den Kundenbesuch in Konstanz und diesen Einkauf?« Sie reichte Perlmann den Kassenbon, den Weingarten ihr zur Bestätigung seines Alibis überlassen hatte.

Perlmann wusste, dass das ihre Rache für vorhin war. Er versuchte es mit mildem Protest. »Und Sie?«

Klara nippte mit Raubtierblick an Walters Tee. »Sag ich nicht.«

Perlmann kannte sie gut genug, um einzusehen, dass weiterer Widerspruch zwecklos war. »Na gut. Dann. Ciao.«

Er hatte nicht nur den Hundeblick sehr gut drauf, sondern auch den traurig-schlurfenden Gang mit hängenden Schultern. Obwohl Klara wusste, dass er nicht wirklich litt, tat er ihr doch ein bisschen leid. Sie beschloss, selbst auch fleißig zu sein und auf Schweizer Seite zu graben, um etwas über Steiner in Erfahrung zu bringen. Sie gab Walter seinen Becher zurück.

»Ich glaub, ich schau mal im Archiv der Staatsanwaltschaft Thurgau vorbei. Köstlicher Tee.«

Walter freute sich immer, in Klara eine Verbündete für seine Teeleidenschaft zu haben. Die Kollegen auf dem Revier waren, wenn überhaupt, von der Hagebutte-im-Beutel-Fraktion. Er goss den Becher wieder voll.

»Noch einen Schluck?«

Klara hätte zu gern. Aber wenn sie rechtzeitig vor Dienstschluss in Frauenfeld sein wollte, musste sie sich beeilen. »Nein danke.«

Walter prostete ihr mitfühlend zu und genoss die sanfte Blume seiner neuen Entdeckung: weißer Tee mit Verveine und, tatsächlich, einem Hauch Rose.

FÜNFZEHN

Vier Uhr nachmittags. Der einsetzende Berufsverkehr begann, die Hauptverkehrsstraßen lahmzulegen. Klara schlängelte sich hinten herum über Bodan- und Scheffelstraße über die Schweizer Grenze und fuhr erst dort auf die A 7. Für die knapp dreißig Kilometer bis Frauenfeld brauchte sie dennoch doppelt so lang wie gedacht. Dicht aufziehender Nebel führte immer wieder zu Stockungen und Staus. An Überholen war nicht zu denken. Also fügte sich Klara in ihr Schicksal und spielte mit den ersten Puzzlesteinen.

Reto Flückiger, der Ermittler, den ihr die Schweizer Behörden für die grenzüberschreitende Polizeiarbeit im Mordfall Stähli zugeteilt hatten, schützte offensichtlich einen Hauptverdächtigen in dem zu ermittelnden Mordfall. Großartig!

Klara war sich nicht sicher. Sie kannte Reto kaum und konnte ihn nicht einschätzen. Aber er wirkte nicht wie einer, der sich leicht täuschte. Auf der anderen Seite fühlte er sich offensichtlich in einem solchen Maß für Steiner verantwortlich, dass er ihm gegenüber zu einer professionell distanzierten Haltung nicht mehr fähig war.

Was sollte sie tun? Flückiger für befangen erklären und mit einem anderen Ermittler weitermachen? Oder Marcel Steiner die Zeit geben, sich zu stellen und sein Verhalten zu erklären?

Es musste etwas sehr Starkes sein, was die beiden miteinander verband. Die verhaltenen Andeutungen Flückigers über Leichen, die ihn in seine Träume verfolgten, und dass Steiner Schlimmstes erlebt hätte.

Klara wusste nicht, was sie in dem Archiv in Frauenfeld eigentlich suchte. Aber sie hoffte, etwas zu finden, was ihr helfen würde, eine klare Entscheidung für oder gegen Reto zu fällen. Also, für oder gegen eine Zusammenarbeit mit ihm.

Ein guter Typ. Sagte Perlmann. Klara musste unwillkürlich lächeln. Auch wenn sie mit Flückiger im Streit auseinandergegangen war. Ein schlechter Typ war er zumindest nicht.

In Frauenfeld bog Klara von der Zürcherstraße links in die Spannerstraße und parkte ihren Kombi auf dem Parkplatz der Kantonalen Verwaltung für Justiz und Sicherheit in der Staubeggstraße.

Erst mal brauchte sie einen Kaffee. In der Schweiz trank sie immer Kaffee. Da schmeckte sogar der Automatenkaffee ordentlich. Vielleicht war es auch nur nostalgisch, und der Kaffee schmeckte mittlerweile überall gleich, weil eine ganze merkwürdige Kultur um ihn herum aufgezogen worden war.

Aber Klara hielt hartnäckig an der alten Überzeugung fest. Früher war man wegen dem Kaffee in die Schweiz gefahren. Und natürlich auch wegen der Schokolade. Was ihr als Kind nähergelegen hatte. Aber der Kaffee und der Genuss, der sich auf den Gesichtern der Eltern ausbreitete, wenn sie ihn tranken, das war wie ein Versprechen gewesen.

Nachdem das Versprechen zufriedenstellend am Kaffeeautomaten der thurgauischen Staatsanwaltschaft eingelöst worden war, folgte Klara dem diensthabenden Beamten ins Archiv. Sie suchte nach einem Vorgang »Steiner«. Was sie fand, erschütterte sie.

Aus einem Pappschuber in der Regalreihe »Sta–Str«

zog sie eine Aktenmappe mit der Kennung »Mordfall Ehepaar Steiner«.

Sie öffnete die Akte und las ungläubig die Schlagzeile der Kreuzlinger Zeitung vom 27. Juli 2003: »Blutbad in Kreuzlinger Apotheke. Junkie läuft Amok und tötet Inhaber-Ehepaar und anschließend sich selbst. Sohn der Opfer muss zusehen.« Unter der Schlagzeile ein Foto von Reto Flückiger, der einen jungen Mann mit schwarzem Balken über den Augen schützend aus der Apotheke führte. Klara musste kein zweites Mal hinsehen, um in dem jungen Mann Marcel Steiner zu erkennen.

Sie blätterte weiter. Fotos vom Tatort, sehr viel Blut. Der Junkie in Lederjacke, mit Kopfschuss. Marcels Eltern in weißen Apothekerkitteln. Ebenfalls Kopfschuss.

Sie vertiefte sich in das Foto von Reto und Marcel. Das erklärte einiges. Steiners Fanatismus und Hass gegenüber allem, was mit Drogen zu tun hatte. Retos Sorge und Verantwortung für ihn.

Sie ging mit der Mappe zum Kopierer und legte Dokument für Dokument auf die Glasplatte, vervielfältigte das traumatische Geschehen einer Kreuzlinger Sommernacht, die das Leben von Marcel Steiner für immer verändert hatte. Klara sah dem Kopierer nachdenklich bei der Arbeit zu. Das Material diente leider kaum zu seiner oder Flückigers Entlastung.

Sie musste mit Reto reden. Er allein konnte einschätzen, was Steiner jetzt vorhatte und wo er sich vielleicht versteckt hielt. Steiner hatte eine Dienstwaffe. Wenn er durchdrehte, könnte er sich und andere damit gefährden. Seine Nerven lagen blank. Und nun war er zusätzlich unter Druck. Eine tickende Zeitbombe, wenn auch auf Schweizer Hoheitsgebiet. Klara musste Steiner finden. So schnell wie möglich. Wenn Perlmanns Ermittlungen nichts anderes ergaben, war er der einzige Verdächtige im Mordfall Urs Stähli.

***

Es hatte wieder leicht zu schneien angefangen. Klara ging aus dem Gebäude der Kreuzlinger Seepolizei im Dunkel der mondlosen Nacht über den Parkplatz zum Werftgelände, das sich zwischen Bleichestraße und Yachthafen erstreckte.

Den Tipp hatte sie von Flückigers Kollegen von der Nachtschicht. Klara musste an ein schlichtes, aber erfolgreiches Ratgeberbuch denken, das vor über zehn Jahren, als Martin noch lebte, das Verhältnis zwischen Mann und Frau zu erklären versuchte.

Der Autor, ein Amerikaner, beschrieb darin ausführlich, warum, wann und für wie lange Männer in ihre Höhle mussten, wenn sie Probleme hatten. Klara hatte das Buch nie zu Ende gelesen. Es war für ihre damaligen Auseinandersetzungen mit Martin nicht besonders hilfreich gewesen. Vielleicht weil er kein Amerikaner gewesen war?

Möglicherweise hätte sie das Wissen jetzt ganz gut gebrauchen können. Sie hatte Hemmungen, Reto in seinem Bootsschuppen beim Höhlengang zu stören. Andererseits arbeiteten sie in einer gemeinsamen Ermittlung, und eigentlich müsste er Tag und Nacht telefonisch für sie erreichbar sein. So wie sie das für ihn war.

Klara sah seine Umrisse durch die beschlagene Scheibe der Holzhütte. Er arbeitete an der Werkbank, konzentriert und in sich versunken. Der arbeitet was ab, dachte Klara unvermittelt. Sie fürchtete plötzlich, er könnte den Kopf drehen und sehen, wie sie ihn von draußen beobachtete.

Schnell und ohne anzuklopfen betrat sie den Schuppen. Reto schien sie gar nicht zu bemerken. Er fräste akribisch Loch um Loch in ein Holzstück. Wahrscheinlich für das alte Segelboot, das mitten im Schuppen aufgebockt stand, schwer renovierungsbedürftig, aber wunderschön.

Klara fuhr mit der Hand über das verwitterte Holz. So eine Höhle hätte sie auch gern. Sie beobachtete einen Moment lang Retos ruhige Bewegungen, bevor sie sich bemerkbar machte.

»Das ist doch Marcel, oder? Und das sind die Leichen, die Sie bis in Ihre Träume verfolgt haben?«

Klara beobachtete Reto aufmerksam, als er sich zu ihr umdrehte und die Kopie des Zeitungsartikels in ihren Händen erkannte. Wenn er überrascht war, ließ er es sich nicht anmerken.

»Er war noch ein halbes Kind. Ich hab ihn unter meine Fittiche genommen. Das ist alles.«

Klara spürte seine Abwehr. Und sah die tiefe Sorge, die ihn umtrieb. Sie ging einen freundschaftlichen Schritt auf ihn zu.

»Warum haben Sie mir das nicht früher erzählt?«

Feindliche Höhlenübernahme. Reto war vielleicht nicht überrascht, aber sicherlich auch ganz und gar nicht begeistert, Klara in seinem Heiligtum zu sehen. Er ging demonstrativ an ihr vorbei in die hinterste Ecke des Werkschuppens.

»Das ist eine private Geschichte. Sie hat nichts mit dem Mord zu tun.«

Klara ließ sich nicht abschütteln, sondern folgte ihm. »Und Marcel ist bis jetzt nicht wieder aufgetaucht?«

Reto schloss die Augen. Jedes einzelne ihrer Worte schien ihm körperlich wehzutun. Er schüttelte den Kopf. Klara ging unbeirrt weiter auf ihn zu.

»Sie zwingen mich dazu, Sie zu melden, damit man Sie von dem Fall abzieht.«

Klara hoffte, ihn durch Konfrontation zum Reden zu bringen, doch Flückiger griff schweigend in die Brusttasche seines Arbeitshemdes und hielt ihr ein metallisches Teil unter die Nase.

»Was ist das?« Klara war durch die Heftigkeit der unerwarteten Bewegung erschrocken einen Schritt zurückgewichen.

»Die müsste passen.«

Klara erkannte, was er in der Hand hielt. »Eine neue Zündkerze? Da werde ich natürlich schwach.«

Ihr mild-ironischer Ton und der erneute Schritt, den sie auf ihn zutrat, ließen seine Abwehr endgültig in sich zusammenfallen.

»Es tut mir leid, dass ich Sie heute so angefahren habe.«

Immerhin ein Anfang. Sie redeten miteinander. Klara wagte sich einen Schritt weiter in die Höhle vor.

»Jetzt lassen Sie Marcel bitte zur Fahndung ausschreiben.«

Sie wusste, was sie von Reto forderte. Aber wenn er nicht endlich handelte, brachte er sich selbst in größte Schwierigkeiten. Reto schüttelte dennoch abwehrend den Kopf.

»Das wäre sein Ende bei der Polizei. Auch wenn sich hinterher rausstellt, dass er unschuldig ist.«

Klara staunte über Retos unerschütterliches Engagement. Er schien gar nicht zu merken, dass er wesentliche Fakten ausblendete.

»Sein Job ist so oder so in Gefahr. Er hat die Ermittlungen behindert, falsche Aussagen gemacht, Beweise manipuliert. Und er ist flüchtig!«

Sie wollte ihm nichts vorschreiben, ihn auch nicht unter Druck setzen. Aber er musste kapieren, dass es nicht mehr in seinem Ermessen stand, ob gegen Steiner ermittelt würde oder nicht.

Er schien ihr gar nicht zugehört zu haben. Oder aber er konnte sich nicht eingestehen, dass er mit seinem Einfluss und seiner Autorität am Ende war.

»Jetzt geben Sie mir noch diese eine Nacht. Ich werde versuchen, ihn zu finden.«

Hartnäckigkeit, dein Name sei Flückiger. Klara wusste nicht, wie sie reagieren sollte. In einer Nacht konnte Steiner weit kommen. Wie sollte sie das rechtfertigen, wenn sich bewahrheiten sollte, dass er Stähli mit dem Bleigürtel bewusstlos geschlagen und in den See geworfen hatte – und sei es im Affekt, unzurechnungsfähig wegen seiner traumatischen Vergangenheit? Es bestand Tatverdacht aufgrund zwingender Indizien. Flückiger wusste das alles. Und hielt trotzdem weiter zu Steiner.

Klara versuchte sich vorzustellen, wie weit sie für Perlmann gehen würde. Der Versuch blieb blanke Theorie. So schnell konnte sie keinen Fall konstruieren, der der Situation mit Flückiger und Steiner gleichkäme. Sie musste jetzt entscheiden.

Reto stand grau und müde über den Bootsrumpf gebeugt und wartete. Er hatte etwas fast altmodisch Seriöses an sich. Ein Mann, auf den man sich verlassen konnte, wenn es darauf ankam. Der seine Muskeln zeigte und kämpfte, wenn es sein musste, wie Klara am Nachmittag erleben durfte. Sie wollte ihn nicht vor den Kopf stoßen, indem sie ihm seine Bitte verwehrte. Es war kein geringes Risiko, aber sie ging es ein.

»Gut. Aber dann komme ich mit.«

Mit dieser Reaktion hatte Klara Reto mehr als überrascht. Er versuchte, in ihrem Blick zu lesen, was sie vorhatte. Sie kannten sich noch keinen Tag, aber sie gingen sehr energisch aufeinander zu. Jeder Blick war mehr, als er vorgab zu sein. Jede Geste bekam ein Gewicht, egal wie unscheinbar sie gedacht war.

Reto spürte Erleichterung, fast so etwas wie Dankbarkeit. Er war felsenfest davon überzeugt, dass Marcel nichts Falsches getan hatte. Der Junge dachte oft sehr einseitig und war manchmal unbeherrscht, wenn nicht unberechenbar.

So, wie der Mord an seinen Eltern unberechenbar gewesen war, in dieser Sommernacht vor sechs Jahren. Natürlich war Marcel danach in psychologischer Behandlung gewesen. Aber Reto zweifelte daran, dass seelische Wunden restlos heilen konnten. Es blieben Narben, wie die an seinem Schienbein, das er sich bei einem Segelunfall mehrfach gebrochen hatte. Bis heute reagierte das Gewebe auf jeden Wetterumschwung. Wieso sollte das mit der Seele anders sein? Noch dazu, wenn man beide Eltern auf einmal verliert, keine Geschwister hat und plötzlich allein dasteht?

Reto spürte Klaras fragenden Blick auf sich ruhen und tauchte aus seinen Gedanken auf. »Okay.«

Sie erwiderte sein Nicken ernst. Mehr brauchten sie einander nicht zu sagen. Vielleicht lag es daran, dass es spät am Abend war und außer ihnen niemand mehr auf dem Gelände um den Yachthafen herum. Stille und Dunkelheit und zwei Ermittler, deren Arbeitstag eigentlich längst vorüber sein sollte. Reto griff nach seiner schweren Lederjacke und ging voraus. Klara löschte das Licht im Schuppen.

***

Sie fuhren mit Klaras Auto zu Marcel Steiners Adresse. Ein schmuckloses Mehrfamilienhaus in der Kreuzlinger Hauptstraße, Fünfziger-Jahre-Architektur, das übliche Graubraunbeige lange nicht mehr gestrichener Fassaden. Zwei Stockwerke, Dachausbau. Im Erdgeschoss ein Zeitschriftenladen mit Schaufenster über Eck und einem Lottoemblem als Nasenschild.

Klara parkte in der Einfahrt vor dem Haus und sah durch die Windschutzscheibe an der Fassade hoch. Raus wollte sie nicht. Die Nacht war empfindlich kalt geworden, und sie spürte ein müdes Frösteln den Rücken hoch zu ihrem Nacken kriechen.

Reto deutete zu den Gauben. »Er wohnt oben in der Dachwohnung.«

Klaras Blick war an einem Detail in der Tür des Zeitschriftenladens hängen geblieben: eine Art Klappe.

»War da unten die Apotheke seiner Eltern drin?«

Reto folgte ihrem Blick und nickte. »Das Haus gehört ihm. Er wollte nicht ausziehen. Den Laden hat er verpachtet.«

Klara drückte sich in ihren Sitz; die Sitzheizung wärmte sie wenigstens von außen einigermaßen. Sie schauderte bei dem Gedanken, dass Marcel Steiner täglich an das Grauen erinnert wurde, das sich im Inneren des Geschäfts zugetragen hatte, als er gerade mal sechzehn Jahre alt gewesen war.

»In der Mordnacht hatten die Steiners Nachtdienst. Der Junkie hat geklingelt. Marcel war zufällig unten bei seinen Eltern und hat die Tür aufgemacht anstatt nur die Luke. So ist der Täter überhaupt reingekommen. Der war voll auf Crack und ist total durchgedreht. Es war eine regelrechte Hinrichtung.«

Klara erinnerte sich an die Fotos in der Archivmappe.

Reto fuhr fort. »Ich hatte an dem Abend Dienst. Am Ende hat sich der Täter selber eine Kugel in den Kopf gejagt.«

Klara fragte sich, wie man das aushalten konnte: Zeuge zu werden, wie die eigenen Eltern erschossen wurden, noch dazu, weil man selbst den Fehler gemacht hatte, eine Tür zu öffnen, die zum Schutz vor solchen Überfällen mit einer Notdienstluke versehen war. »Und Marcel?«

»Er konnte sich verstecken. Aber er musste alles mit ansehen.« Reto sah wieder das Blutbad vor sich, den paralysierten Jungen, die Aufruhr, weil gleich halb Kreuzlingen zusammengelaufen war wegen der Sirenen und der dramatisch blinkenden Lichter von Notarzt und Einsatzpolizei. Er hatte sich den Jungen geschnappt, um ihn von dort wegzubringen. Woher der Fotograf so schnell kam, der ihn mit Marcel beim Verlassen der Apotheke abgeschossen hatte, wusste er bis heute nicht.

Klara sah wieder zu der Ladentür mit der Notdienstklappe. Seltsam, dass der neue Ladeninhaber die Tür nicht ausgewechselt hatte. »Und seitdem geht Marcel jeden Tag an dieser Tür vorbei?«

Reto nickte wortlos. Ihm wurde die Luft im Auto zu eng. Er öffnete die Beifahrertür und stieg aus.

Die Hauptstraße lag ruhig da. Es war Viertel vor zehn und das Kreuzlinger Nachtleben an einem Dienstagabend überschaubar.

Klara folgte ihm zum seitlich gelegenen Hauseingang. Sie klingelte bei Marcel Steiner. Keine Reaktion. Sie klingelte erneut. Reto sah mit gerunzelter Stirn die Fassade hoch. Die Gauben der Dachwohnung waren von unten nicht zu sehen.

Klara forderte nun ihrerseits sein Einverständnis für einen Einsatz, den nur er anordnen konnte. »Ohne Durchsuchungsbefehl komme ich hier nicht weiter. Oder sind Sie auch der Meinung, dass hier Gefahr im Verzug ist?«

Das war mal grenzüberschreitende Polizeiarbeit: Reto hatte, als hätte er so was geahnt, ein wenig Werkzeug eingesteckt. Was man so brauchte, um verschlossene Türen zu öffnen. In stillem Einverständnis mit Klara knackte er zuerst die Haustür, dann drei Treppen höher die zur Wohnung von Steiner.

Vorsichtig öffnete er sie. Die Wohnung war dunkel. Er ging einen Schritt hinein. »Marcel? Ich bi's.«

Klara konnte Reto verstehen, dass er Marcel nicht erschrecken wollte und deshalb auf Zehenspitzen ging und Schwyzerdütsch sprach. Es kam keine Reaktion. Wäre auch nicht besonders klug von Steiner gewesen, vor Klaras Fragen in seine Wohnung zu flüchten.

Sie spürte dennoch, dass etwas nicht stimmte, als sie das Licht in der kleinen Diele anmachte. An der Garderobe hing ein einsamer Anorak. Sonst keinerlei Hinweise auf den Menschen, der hier lebte.

Sie ging weiter zu dem Zimmer am Ende des Flurs. Es war stockdunkel in dem Raum. Offensichtlich waren die Jalousien heruntergelassen. Sie machte das Deckenlicht an, das den Raum, ein wenig einladendes Arbeitszimmer, nur unzureichend erhellte. In der Ecke am Kopfende schwach die Umrisse einer Stehlampe. Als sie sie einschaltete, blendete eine zweite Lampe in der gegenüberliegenden Ecke mit auf. Beide Lichtkegel waren auf die Wand gerichtet. Was Klara dort zu sehen bekam, verschlug ihr die Sprache.

Hunderte von Zeitungsartikeln, Internetausdrucken, Statistiken und handschriftlichen Notizen waren mit Nadeln und Reißzwecken an die Wände gepinnt. Das Ergebnis Steiners besessener Beschäftigung mit dem einen zerstörerischen Thema in seinem Leben: Drogen.

Ihr Konsum, ihre Gefahren, die Beschaffungskriminalität. Was immer darüber in den Schweizer Medien berichtet worden war, Marcel Steiner hatte es notiert, ausgeschnitten, analysiert. Die Zusammenhänge, die er durch die Hängung der Artikel und die daran angepinnten Notizen herzustellen versucht hatte, waren zum großen Teil verstiegen, wenn nicht größenwahnsinnig.

Reto war Klara zu der Wand gefolgt. »Das gibt's ja nicht. Ich hatte keine Ahnung, dass er *so* fanatisch ist.«

Seine Augen wanderten fassungslos über das manisch geführte Archiv: »Tod mit 16: Überdosis in der Schultoilette« – »Grenzwertig: Seepolizei mit Drogenschmuggel überfordert?« – »Zahl der Drogenabhängigen steigt erneut«.

Klara ließ Reto seinen Schock verdauen und durchsuchte die Papiere auf Steiners Schreibtisch auf einen brauchbaren Hinweis.

»Ich dachte immer, die Arbeit bei uns hilft ihm, seine Angst zu überwinden. Und ich hoffte, dass er dem Ganzen nicht mehr so ausgeliefert ist.« Reto musste sich setzen. Er hatte so eng mit Steiner zusammengearbeitet, sich für ihn verantwortlich gefühlt wie ein Vater. Aber er war nie in diesem Zimmer gewesen!

»Dabei hat er den Drogen seinen eigenen Krieg erklärt.« Klara zog unter einem Stapel Papier einige Fotos hervor. »Und Stähli ist für ihn der Mann, der für das wahre Verbrechen steht. Wussten Sie, dass er ihn beschattet?«

Sie zeigte Reto ein Foto, das Stähli auf ein Geländer an einer Uferpromenade gestützt zeigte. Offenbar mit einem Teleobjektiv aus sicherer Entfernung aufgenommen. Reto hatte Mühe, die sich überstürzenden Gedanken in seinem Kopf zu sortieren. Er war so felsenfest davon überzeugt gewesen, dass Marcel mit dem Tod von Stähli nichts zu tun hatte, dass er auf Klaras Frage ganz automatisch den Kopf schüttelte. Dann fiel ihm eine Situation ein, die plötzlich in einem ganz anderen Licht erschien.

»Vor Kurzem hat er mich gefragt, wie man ein Handy ortet. Aber so einfach, wie er sich das vorgestellt hat, geht das nicht mal für die Polizei.«

Klara setzte sich an Steiners Laptop und schaltete ihn an. »Ich weiß.«

Sie hatte eine Idee und wartete ungeduldig, dass der Computer hochfuhr. »Dabei gibt es kommerzielle Anbieter, bei denen das ganz leicht geht. Vorausgesetzt, es ist das eigene Handy.«

Reto hatte keine Ahnung, worauf sie hinauswollte.

Der Bildschirm baute sich auf. Klara klickte genervt die Update-Angebote und Antiviren-Programme weg, die automatisch aufpoppten, sobald sich der Rechner ins Internet eingewählt hatte. Sie öffnete Steiners letzte Browsersitzung und nickte bestätigt.

»Da ist es ja schon.«

Reto war hinter sie getreten und sah verständnislos auf die Seite, auf die Marcel offensichtlich zuletzt zugegriffen hatte: »www.ehebruch.ch«.

Klara kannte die Seite. »Das ist so ein Anbieter. Bei denen kann man sein Handy für eine Überwachung freischalten. SMS genügt. Die schicken eine Bestätigung und einen Zugangscode, und danach kann man von jedem beliebigen Computer aus sein Handy orten.«

Flückiger begriff den Zusammenhang nicht gleich. Mit dem Internet war er nie richtig warm geworden. Zu virtuell. Die einzige Seite, die ihn im Netz interessierte, war die Wettervorhersage für Wassersportler. Er versuchte, vor Klara nicht allzu blöd dazustehen.

»Vielleicht bin ich zu müde, um das zu verstehen. Warum sollte jemand sein eigenes Handy überwachen lassen?«

»Die gehen natürlich davon aus, dass man sich heimlich das Handy seines untreuen Partners schnappt und für eine Überwachung anmeldet. Hinterher löscht man die SMS und die dazugehörige Antwort. Und der Handybesitzer weiß gar nicht, dass er verfolgt wird.« Klara suchte, während sie Reto die Zusammenhänge erklärte, nach der Nummer, die Steiner verfolgt hatte.

»Alles illegal also.« Reto nahm ein gerahmtes Foto vom Schreibtisch, das zwei glückliche Menschen zeigte: Marcel mit seinem Vater, schräge Mützen auf dem Kopf und einvernehmlich grinsend. Marcel war vielleicht dreizehn auf dem Foto.

»Klar. Darauf weisen die Anbieter dieser Seite ja scheinheilig hin. Ich hatte mal einen Stalking-Fall, wo der Täter auf diese Weise sein Opfer verfolgt hat.« Klara hatte sich weiter durch die Ehebruch-Seite gearbeitet und verfolgte gebannt, wie sich das Protokoll von Steiners letzter Sitzung aufbaute. Er hatte nur eine Nummer geortet, die aber nahezu stündlich. Reto erstarrte, als er die Ziffernfolge erkannte.

»Verdammt. Das ist Stählis Handynummer.«

Klara überflog die Einwahlzeiten. »Marcel muss es irgendwie geschafft haben, das Handy für diesen Dienst freizuschalten. Er hat es jedenfalls mehrfach geortet. Hier. Zuletzt eine Stunde vor Stählis Tod.«

Reto erkannte mit einem Blick, dass Steiner mit der Ortung begonnen hatte, kurz nachdem sie Stählis Boot geprüft hatten. Er musste an Stählis Handy gekommen sein, als er für den Abschluss des Prüfungsprotokolls mit Weingarten auf der Yacht geblieben war. Seitdem hatte er im Internet jeden Schritt von Stähli überwachen können. Der weitere Ablauf war nicht schwer zu erraten.

»Er hat gesehen, dass Stähli zum See ging, und ist ihm gefolgt.«

Alles fühlte sich taub an in Flückiger, als er wie ferngesteuert zurück zu der Wand mit Marcels wirren Recherchen ging. Er erinnerte sich an die zahllosen Situationen im Büro, in denen Marcel aus seinen Verdächtigungen und Vermutungen keinen Hehl gemacht hatte. Er hasste Stähli. Und er war ihm die ganze Zeit auf den Fersen gewesen. Auch in der letzten Nacht. Er war emotional, impulsiv und konnte völlig panisch reagieren, wenn er mit einer Sache überfordert war. Wenn er also Stähli auf den See gefolgt und es an Bord der »Pandora« zu einer Auseinandersetzung gekommen war, wenn er sich bedroht gefühlt hatte, und dann lag da zufällig der Bleigürtel …

Flückiger konnte nicht weiterdenken. Alles in ihm wehrte sich dagegen, sich vorzustellen, dass Marcel vielleicht einen Menschen umgebracht hatte. Aber er musste sich eingestehen, dass die Möglichkeit ganz reell bestand. Und dass es Zeit wurde, Klara gegenüber so etwas wie einen Offenbarungseid abzulegen. Ohne ihren Verdacht direkt zu bestätigen.

Er fuhr sich erschöpft mit der Hand über die Augen, bevor er sich zu ihr umdrehte, um seine Einsicht zu demonstrieren. »Langsam mache ich mir echt Sorgen.«

***

Perlmann gab Gas und raste fluchend über die Rheinbrücke. Er hatte komplett die Zeit vergessen. Jetzt war es zehn, und wenn er Pech hatte, schloss der Supermarkt pünktlich. Wenigstens war um diese Uhrzeit auf der Brücke alles frei.

Er hatte nur schnell was essen wollen, nachdem er Weingartens Alibi bei Fred Ziegler geklärt hatte, dem Besitzer der Yacht, deretwegen Weingarten am Vorabend in Konstanz gewesen war. Ziegler hatte alle Angaben von Weingarten bestätigt. Und Perlmann hatte sich einmal mehr gefragt, welchen Job man eigentlich haben musste, um so viel zu verdienen, dass man sich mal eben so eine Yacht leisten konnte.

Dann war er beim Konzil vorbei auf dem Weg zu seinem Auto gewesen. Und hatte ganz unbewusst auf die ausgehängte Speisekarte gesehen. Saure Kutteln mit Bratkartoffeln. Genau das war es, wonach er den ganzen Tag gesucht hatte. Das war das Essen, nach dem sein geschundener Körper lechzte.

Er hatte noch locker Zeit, also kehrte er ein und aß die köstlichsten Kutteln seit Langem. Dazu ein Bier. Das tat Hirn und Magen gut. Dann kam Walter dazu, ebenfalls wegen der Kutteln. Man unterhielt sich, die Zeit verging. Fachsimpeleien über den Stähli-Mord. Bis Perlmann um zehn vor zehn einfiel, dass Weingartens Alibi erst zur Hälfte gecheckt war.

Deshalb jetzt die kleine Konstanzrallye. Perlmann überlegte kurz, ob er das Blaulicht auf das Dach seines Alfas setzen sollte, ließ es dann aber. Wegen einem Kassenbon. Das würde ihm keiner abkaufen. Er bretterte die Reichenauer Straße Richtung Industriegebiet, bog dann links, ohne das Tempo nennenswert zu verringern, in die Rudolf-Diesel-Straße ab und gleich wieder rechts in die Carl-Benz.

Als er schlitternd auf den Parkplatz einbog und direkt vor dem Eingang abbremste, brannte in der Kaufhalle noch Licht. Glück gehabt. Die Türen waren aber leider bereits verschlossen. Und gaben auch auf sein heftiges Rütteln nicht nach. Er linste durch die Scheiben in die Halle. Kein Mensch zu sehen. Nicht an den Kassen. Nicht zwischen den Regalen. Er klopfte vernehmlich an die verglaste Eingangstür. Nichts rührte sich.

Die mussten doch noch abrechnen oder wenigstens mal durchwischen. Oder das Licht ausmachen. Er reckte den Hals, um vielleicht doch jemanden zu erspähen, dem er seinen Dienstausweis unter die Nase halten konnte. Die Halle lag erleuchtet und menschenleer.

Perlmann gab auf. Wegen fünf Minuten. Wenn er mal immer so pünktlich Dienstschluss machen würde.

Frustriert stand er auf dem verwaisten Parkplatz. Eigentlich sollte er nach der gestrigen Nacht heute mal früh ins Bett. Aber nach dem Flop mit dem Supermarkt würde er erst mal nicht schlafen können. Vielleicht war Walter noch im Konzil und hatte Lust auf einen Absacker in der »Cocktailbar«. Wirklich nur einen. Mehr trank Walter sowieso nicht, der alte Teekasper.

***

Klara und Flückiger verließen Steiners Wohnung schweigend. Schwiegen, als sie das Haus verließen. Und schwiegen, als er sie zu ihrem Auto begleitete. Als Klara dämmerte, dass er weiterschweigen würde, auch wenn sie bis zum nächsten Morgen hier auf der Straße ausharren würden, ergriff sie das Wort.

»Es hilft nichts. Sie müssen ihn zur Fahndung ausschreiben lassen. Kann ich mich auf Sie verlassen?«

Sie spürte, wie sehr er mit sich rang. Er hatte mehr als nur eine Enttäuschung zu überwinden. Der Blick, der sie traf, war dunkel und schwer. Er nickte.

»Sobald wir ihn gefunden haben, ruf ich Sie an. Okay?«

Sie wusste, dass das für heute der Abschied war. Sie sahen sich an. Flückiger versuchte ein Lächeln, das ihm gründlich misslang.

»Gute Nacht.«

Er ging, ohne Klaras Antwort abzuwarten, die verwaiste Hauptstraße hinunter Richtung Hafenstraße.

Klara stieg in ihr Auto. Mit Lesen würde es wohl auch heute Abend nichts werden. Dazu brauchte sie einen halbwegs freien Kopf. Sie sah, wie Flückiger rechts in einer Seitenstraße verschwand. Ob er den ganzen Weg zurück zur Seepolizei zu Fuß gehen wollte? Eigentlich keine schlechte Idee, um sich abzureagieren. Klara dachte an das Holz, das sie gestern nicht mehr geschafft hatte. Ihre Nachbarn würden sich bedanken, wenn sie um diese Uhrzeit die Axt schwang. Von Perlmanns Barolo war auch nichts mehr übrig.

Klara gähnte unvermittelt und herzhaft. Vielleicht einfach schlafen. Und vorher ein Bad.

SECHZEHN

Das mit dem Bad hatte geklappt. Das mit dem Schlafen weniger. Früh am Morgen ging Klara mit ihrem Kaffeebecher zum Seeufer und blickte zur Plattform, an der die »Pandora« festgemacht gewesen war. Sie fragte sich, wie Flückiger geschlafen hatte, wenn er denn geschlafen hatte.

Alle Indizien wiesen auf Marcel Steiner. Reto dürfte einen schweren Stand bei Vorgesetzten und Kollegen haben, wenn das jetzt durch Einleitung der Fahndung publik würde. Steiner hatte sich mit seinem Fanatismus wenig Freunde gemacht. Konnte gut sein, dass Reto Flückiger ein frostiger Wind in der eigenen Abteilung entgegenblies. Sie nahm sich vor, ihn im Lauf des Tages anzurufen, wenn er sich nicht sowieso bei ihr meldete.

Wie jeden Morgen genoss Klara die frische Stille, die fast ausschließlich den Vögeln gehörte. Ein geltungssüchtiger Schwan machte wild flügelschlagend Radau, als er mit spektakulärem Anlauf von der Wasseroberfläche abzuheben versuchte, es sich dann doch anders überlegte oder aber den Abflug nicht schaffte und in scharfem Bogen elegant mit dem Rumpf wieder auf dem Wasser landete. Klara dachte sich, wahrscheinlich ein Kerl, und musste grinsen.

Warum auch immer, aber beim Anblick des sich aufplusternden Wasservogels fiel ihr Perlmann ein. Wenn er bei der Überprüfung von Weingartens Alibi auf Probleme gestoßen wäre, hätte er sich gemeldet. Beate Stähli wollte sie noch mal genauer befragen. Wegen der Andeutungen, die sie Perlmann gegenüber gemacht hatte. Über Leute, die schlecht von ihrem Mann dachten. Vielleicht wusste sie mehr über die Auseinandersetzungen mit Steiner und ob ihr Mann sich verfolgt gefühlt hatte.

Klara trank den letzten Schluck ihres Kaffees und sog das Bild des im Morgenlicht schimmernden Sees in sich auf. Als könnte sie das Gefühl von Ruhe und Kraft, von fraglosem Erfülltsein in den Tag mitnehmen. Jeden Morgen versuchte sie das. Noch nie war es ihr gelungen. Das Gefühl gehörte zum See. Eines Tages würde sie an seinem Ufer festwachsen. Dann wäre sie das Gefühl. Und der See …

Das Klingeln des Handys holte Klara aus ihren Gedanken. »Blum?«

Perlmann meldete sich für die frühe Uhrzeit ungewohnt aufgeweckt. »Perlmann hier. Ich habe sensationelle Neuigkeiten!«

Klaras Morgenandacht war definitiv vorbei. Sie warf einen letzten zärtlichen Blick auf ihren See, in dem Wissen, dass sie am nächsten Morgen wieder hier stehen durfte. »Okay, ich komme.«

***

Das Polizeipräsidium lag auf der rechten Konstanzer Rheinseite am Benediktinerplatz. Klara, von Staad kommend, war jeden Morgen froh, dass ihr der Stau zu und von der Altstadt über die Rheinbrücke erspart blieb. Meist fuhr sie hinten herum über Allmannsdorfer und Petershauser Straße.

Sie mochte die alten Klosterbauten rund um den Platz, der seinen Namen von den Benediktinern der Abtei Petershausen hatte, die dort bis zum Beginn des 19. Jahrhunderts gewirkt hatten. Nach der Säkularisation dienten die Gebäude als Spital und Kaserne. Im Zweiten Weltkrieg und danach regierte von hier aus die französische Besatzung.

Heute beherbergte die Abtei eine Außenstelle des Archäologischen Landesmuseums Baden-Württemberg, das Stadtarchiv und im ehemaligen Mannschaftsgebäude das Polizeipräsidium. Die klassizistische Fassade war historisch korrekt in Ocker und Zinnoberrot gehalten, das Innere des Gebäudes in den neunziger Jahren komplett renoviert worden. Eine gediegene Mischung aus geschichtsträchtiger Architektur und moderner Behörde. Es gab schlechtere Arbeitsplätze.

Im Büro staunte Klara nicht schlecht, als sie von Beckchen nicht viel mehr zu sehen bekam als ihren kastanienbraunen Lockenkopf. Das Gesicht der Kriminalassistentin war zur Gänze in einem prachtvollen Blumenstrauß verschwunden.

»Guten Morgen?«

Beckchen tauchte beglückt aus dem Blumenmeer auf. »Die sind von *ihm*.« Sie bemühte sich, ironisch zu wirken, als sie in Perlmanns Richtung zeigte.

Klara grinste. »Hat er dir einen Antrag gemacht?«

»Nein!« Beckchen rollte übertrieben mit den Augen, als wäre ihr diese Vorstellung unangenehm. Dabei konnte sie nicht verbergen, wie geschmeichelt sie von Perlmanns Geste war. »Er war wohl gestern im Casino und hat einiges gewonnen.«

»Und da war es mir ein Bedürfnis, meinen Reichtum zu teilen, Moneypenny.«

Perlmann war lässig, wenn auch mit weiterhin nachtblauen Schatten um die Augen von seinem Schreibtisch aufgestanden und reichte Klara ein Foto, während Beckchen errötend ihr Haupt erneut in dem üppigen Strauß versenkte.

»Im Ernst: Eigentlich war ich dienstlich im Casino. Ich weiß jetzt, woher ich Stähli kenne.«

Klara musterte das Foto, das Stählis Frau Perlmann für eine eventuelle Fahndung überlassen hatte, während Perlmann weiterberichtete.

»Er war da oft. Meist in Begleitung irgendwelcher russischen Geschäftsleute und dementsprechender Damen. Da ist er mir schon mal aufgefallen. Die Croupiers konnten das bestätigen.«

Klara gab Perlmann das Foto zurück und ging wenig beeindruckt zu ihrem Schreibtisch. »Ist das die sensationelle Neuigkeit?« Mechanisch schaltete sie ihren Computer an.

Perlmann hätte sich durchaus etwas mehr Interesse für seine nächtlichen Ermittlungen erwartet, aber Undank war nun mal der Welt Lohn. Außerdem war er noch nicht fertig. »Es kommt ja noch besser.«

Er zog ein Asservatentütchen aus seiner Jacketttasche und ließ es triumphierend lächelnd vor Klaras Nase baumeln. »Hellmann konnte den Handychip retten.«

Nun war Klara mit voller Aufmerksamkeit bei der Sache, wie Perlmann zufrieden registrierte. »Mit wem hat er vor seinem Tod telefoniert?«

Perlmann fühlte sich wichtig und gebraucht. Seine Schrift auf seinem Notizblock konnte er zwar kaum entziffern, aber auf sein Gedächtnis hatte er wieder vollen Zugriff. »Der letzte Anruf ging an einen Kostja Kunaritsch. Der gilt als Kontaktmann von Sergej Pawlenko und steht bereits im Visier der Bundespolizei. Bei ihm sollen die Bareinnahmen aus dem Drogenverkauf von ganz Süddeutschland zusammenlaufen.«

Klara dachte an Steiners Wohnung, die Fotos, die er heimlich von Stähli gemacht hatte. »Dann hat Steiner mit seinem Verdacht also doch recht. Es wundert mich nicht, dass wir keine Drogenspuren auf der Yacht gefunden haben. Jemand wie Stähli macht sich die Finger längst nicht mehr als Dealer schmutzig.«

Perlmann dachte laut mit. »Wenn man bedenkt, dass jedes Jahr auf der Welt fünfundachtzig Milliarden Dollar Drogengeld gewaschen werden. Durch den Verkauf von Yachten, die zum Teil Millionen kosten, kann man sicher ganz gut Geldflüsse kaschieren.«

Beckchens Kopf tauchte aus dem Blumenmeer wieder auf, als Perlmann von Millionen und Milliarden sprach. Sie ging zu den beiden und studierte das Foto des attraktiv markanten Stähli, während Klara Perlmanns Gedanken weiterverfolgte.

»Gehen wir also mal davon aus, dass Stähli für satte Provisionen Drogengeld über den See in die Schweiz geholt und gewaschen hat.«

»Ja. Aber jetzt kommt das Beste.« Perlmann freute sich, weil er als alter Zocker natürlich noch ein weiteres Ass im Ärmel hatte. Er tippte eine Internetadresse auf Klaras Tastatur und wartete ungeduldig, dass die Seite aufklickte. »www.ehebruch.ch«. Fürsorglich drehte er den Bildschirm so, dass Klara wie Beckchen gute Sicht darauf hatten.

Beckchen erkannte den Zusammenhang nicht. Und Klara überlegte, wie sie Perlmann möglichst schonend beibringen konnte, was es mit der Seite auf sich hatte. Aber Perlmann philosophierte bereits weiter.

»Das Handy verrät uns nämlich noch mehr. Es wurde am Nachmittag der Tat via SMS auf dieser Website zur Überwachung angemeldet.«

Klara holte Luft, um zu einer Erklärung anzusetzen, als Beckchen über Stählis Foto zu einer Meinung gekommen war. »Vielleicht steckt ein Ehedrama dahinter. Stähli macht krumme Geschäfte und hat Frauengeschichten. Seine Frau kommt dahinter und rächt sich.«

Das war das Naheliegendste. Und deshalb war es von Perlmann sofort wieder verworfen worden. Dass Stähli am Tag seiner Ermordung zuletzt mit dem Mann telefoniert hatte, mit dem er wahrscheinlich Millionendeals durchgezogen hatte, konnte kein Zufall sein. »Ich denke, über den Betreiber der Website finden wir heraus, von welchem Computer aus das Handy überwacht wurde.«

Klara ließ endlich die Katze aus dem Sack. »Marcel Steiner hat es überwacht.«

Nach einem ersten Moment der Verblüffung reagierte Perlmann patzig. »Ach, das wissen Sie schon? Toll. Und ich red mir hier den Mund fusslig.«

Dafür war er extra früh ins Büro gekommen, nachdem er sich eine weitere Nacht fast um die Ohren geschlagen hatte. Er wollte beleidigt in sein Büro abziehen, als Klara fast entschuldigend eine Erklärung nachschob, die nicht dazu beitrug, seine Laune wesentlich zu heben.

»Ich habe diese Website auf seinem PC gefunden, als ich gestern noch mit Reto in Marcels Wohnung war.«

»Reto?« Beckchen hatte jetzt endgültig den Faden verloren. Perlmann übernahm es gern, sie aufzuklären.

»Reto Flückiger, der überaus befangene Kollege von der Schweizer Seepolizei. Frau Blum wollte ihm gestern noch den Fall entziehen. Er ist eine Art väterlicher Freund des mutmaßlichen Täters.«

Klara verstand Perlmanns Empörung. Aber sie musste ihm eine Grenze setzen, sonst war Steiner vorverurteilt, bevor er die Chance bekam, für sich selbst auszusagen. Außerdem fingen seine Sticheleien gegen Reto und damit indirekt gegen sie an, ihr wirklich auf die Nerven zu gehen.

»Ob Marcel Steiner der Täter ist, wissen wir noch nicht. Seit gestern Nacht läuft jedenfalls die Fahndung nach ihm.«

Ihr Ton fiel unangemessen streng aus, weil ihr die ganze Situation zugegebenermaßen höchst unangenehm war. Perlmann musste sich fühlen wie der Pausenclown, während sie im Alleingang ermittelte. Prompt wurde er wieder anzüglich.

»Wie haben Sie *Reto* denn dazu gebracht?«

Sie hatte keine Lust, sich vor Perlmann wofür auch immer zu rechtfertigen. Sie hatten beide ihren Job gemacht. Er sollte sich langsam wieder beruhigen. Sie beschloss, seine Frage zu ignorieren, was Perlmann deutlich kränkte, so demonstrativ beleidigt, wie er sich in sein Büro verzog und hinter seinem Schreibtisch verschanzte. Klara seufzte und gab sich einen Ruck. Vielleicht konnte sie Perlmann ja mit den Kopien aus dem Archiv der Schweizer Staatsanwaltschaft versöhnlich stimmen. Sie ging mit der Akte zu ihm und signalisierte Waffenstillstand.

»Ich trenne Berufliches von Privatem genauso wie du.«

Perlmann blieb bockig. »Schade eigentlich.«

Dann also erst mal keine Versöhnung. Klara hatte auf ihrem Schreibtisch jede Menge Arbeit liegen. Mittig platzierte sie die Mappe mit den Kopien auf Perlmanns schweinslederner Schreibtischunterlage und schlug den Artikel über den Mord an Steiners Eltern auf. Dann ging sie zurück in ihr Büro.

Perlmann brauchte in seiner Verstocktheit einen Moment, bis er sich dazu herablassen konnte, einen Blick auf den Artikel zu werfen. Dann allerdings kapierte er, und es entfuhr ihm ein beeindrucktes »Ach du Scheiße«.

Als er die Kopien durchgearbeitet und sich einigermaßen beruhigt hatte, beschloss er, sich bei Klara für seine Zickerei zu entschuldigen. Sie wandte ihm demonstrativ ihren kräftigen Rücken zu. Er überlegte fieberhaft, wie er sie mit einem lockeren Spruch, der sich zur Abwechslung nicht auf Reto bezog und/oder unter die Gürtellinie zielte, wieder versöhnen könnte, als Beckchens Telefon klingelte.

»K 11, Beck. – Ja, ich sag's ihnen.«

Als sie wieder aufgelegt hatte, schien sie nicht so recht zu wissen, welchem ihrer beiden Vorgesetzten, die offensichtlich gerade gründlich entzweit waren, sie die aktuelle Neuigkeit mitteilen sollte. Also sprach sie salomonisch in den leeren Raum zwischen den beiden.

»Walter von der Wapo war dran. Im Bootshaus ist eingebrochen worden.«

***

Die wenigen Minuten zur Dienststelle der Wasserschutzpolizei in der Stromeyersdorfstraße fuhren Klara und Perlmann schweigend. Am Bootshaus wartete Walter mit Kollegen von der Spurensicherung. Das Sicherheitsschloss war von einem Profi geknackt worden. Klara ging nach drinnen zu Hellmann, der ihr seine Erkenntnisse wie immer, wenn er aufgeregt war, in breitestem Schwäbisch und mit hochrotem Kopf mitteilte.

»Die Yacht isch akribisch durchsucht worden. Aber nix fehlt. Fingerabdrücke habe mir auch keine gfunden. Aber ich geb no ned auf.« Wie ein hyperventilierender Teletubbie ruderte er in seinem weißen Ganzkörperanzug zurück unter Deck.

Perlmann war Klara ins Bootshaus gefolgt, immer noch auf der Suche nach einem versöhnlichen Wort. Als sie sich nachdenklich auf das Geländer des Bootsstegs aufstützte, tat er es ihr in fast synchroner Bewegung gleich. Körpersprache. Vielleicht schaffte das einen ersten Zugang. Zudem hatte er eine Theorie, über die er mit Klara wieder ins Gespräch zu kommen hoffte.

»Scheint ja eine ganz nette Summe gewesen zu sein, wenn Stählis Geschäftspartner so fieberhaft danach suchen. Dieser Pawlenko schickt erst seine Anwälte, dann seine Einbrecher. Nicht schlecht.«

Klara nahm das Versöhnungsangebot an. »Das heißt für uns: Der Mörder hat das Geld.«

»Und heißt Marcel Steiner und ist schon längst über alle Berge.«

Das war jetzt zwar nicht so geschickt gewesen, aber bei Steiner sah Perlmann irgendwie rot. Der Kerl war auf der Flucht. Als Polizist. Ganz klar hatte der Dreck am Stecken. Auch wenn Klara ihn weiter verteidigte.

»Steiner wollte Stähli das Handwerk legen, nicht ihn berauben. Geschweige denn ihn umbringen.«

»Dass Stähli über Bord geht, war wahrscheinlich gar nicht der Plan.«

Von wegen Versöhnung. Perlmanns Argument, das mindestens auf einen Totschlag durch Steiner hinzielte, brachte Klara auf deutlichen Abstand zu ihm. Perlmann richtete sich auf. Er wollte endlich wissen, auf welcher Seite sie stand.

»Was ist eigentlich los mit Ihnen, Frau Blum? Kann es sein, dass Reto Flückiger Sie endgültig weichgeklopft hat?«

Klara reagierte beim Stichwort »Reto« gewohnt heftig. »Sag mal, spinnst du?«

Perlmann goss bestätigt noch mehr Öl ins Feuer. »Seit Ihrem Besuch gestern Abend sehen Sie auf einmal nur noch Sachen, die Steiner entlasten.«

Er tat es nicht gern. Aber sie mussten das jetzt klären.

Klaras Augen verengten sich zu Schlitzen. »Pass mal

auf, nur weil du Liebeskummer hast, musst du mir nicht dauernd was Privates anhängen!«

Das war klar Thema verfehlt. Perlmann zog es vor, den Mund zu halten, bevor wirklich böse Worte fielen.

Sein Schweigen reizte Klara aber offenbar nur noch mehr, so wie sie jetzt die Chefin rauskehrte. »Mach deinen Job! Was ist mit Weingarten? Hast du schon sein Alibi überprüft?«

Perlmann erstattete brav Bericht.

»Das mit der Bootsreparatur stimmt. Der Supermarkt war schon zu, als ich kam.«

Er wusste, dass sie ihn zum Supermarkt schicken würde, noch bevor sie es tat. Und er protestierte nicht. Für Perlmann waren sie quitt. Sie hatte ihn am langen Arm verhungern lassen, als er stolz seine Ermittlungen präsentierte. Dafür war er mit seinen Anspielungen auf sie und Flückiger vielleicht zu weit gegangen. Er verabschiedete sich ohne weiteren Kommentar.

Klara musste natürlich das letzte Wort behalten. »Und komm anschließend in die Seepolizei!«

Perlmann deutete im Gehen eine Verbeugung an. Eine Pause würde ihnen guttun. Und später würde er die Sache mit Humor lösen. Das war eine Ebene, auf der sie sich immer verstanden. Sie konnte ihm nie lange böse sein.

SIEBZEHN

Der Filialleiter des Supermarkts war Perlmann auf Anhieb unsympathisch. Alles an ihm war spärlich und karg, sein schütteres Haar, das Büro, seine Ausdrucksweise, sein billiger Anzug. Perlmann fühlte sich auf Notversorgung zusammenschrumpfen in einer Umgebung, die seiner hedonistischen Lebensweise diametral widersprach. Er wollte schnellstmöglich raus aus diesem Schnäppchenparadies und legte ungeduldig Weingartens Kassenbon auf den abgewetzten Schreibtisch. Der Filialleiter studierte den Beleg, auf dem nur Zahlencodes und Preise abgedruckt waren, verhalten.

»Montagabend? Schwierig. Viel los.«

Perlmann nahm ihm den Bon wieder ab und hielt ihn ihm unmissverständlich auffordernd unter die Nase. Äußerst ungern setzte sich der Mann in Bewegung und verbrauchte kostbare Energie, als er den Ordner mit den Warencodes zückte, um die Einkäufe zu überprüfen.

»Das sind: Energiesparbirne, Senf mittelscharf, zwei Liter H-Milch …«

Perlmann sah durch die Aufpasserscheibe auf die lange Reihe von Kassen, an denen eifrig Waren eingescannt wurden.

»… zwei Tiefkühlpizzen, Gebissreiniger.«

Perlmann horchte irritiert auf. »Aha.«

Offenbar geizte sein Gegenüber auch mit Emotionen. Perlmanns Ermittlungen schienen ihn nicht die Bohne zu interessieren. Er sah aus, als wollte er so schnell wie möglich wieder hinter seinen Schreibtisch und sparen. Aber Perlmann hatte soeben Witterung aufgenommen.

»Was ist mit den Überwachungskameras?«

»Das kann ich Ihnen nicht sagen. Kann sein, dass das schon gelöscht ist. Da muss der Herr Heisig kommen.«

Der Filialleiter machte keine Anstalten, den genannten Herrn anzurufen oder ausrufen zu lassen. Perlmann nahm den Kassenzettel wieder an sich und nagelte den Sparfuchs mit Blicken fest.

»Ja, dann muss der wohl kommen.«

***

Klara parkte, immer noch geladen, auf dem Parkplatz der Kreuzlinger Seepolizei. Sie hoffte, dass Reto ihre Laune mit ersten Fahndungsergebnissen bezüglich Steiner heben würde. Perlmann war manchmal wirklich unmöglich.

Nur weil sie Reto ganz angenehm fand und verstehen konnte, dass er sich für Marcel verantwortlich fühlte, hieß das noch lange nicht, dass sie ihren Job nicht mehr richtig machte. Sie würde sich Perlmann bei Gelegenheit zur Brust nehmen. So viel war sicher.

Flückiger war nicht in seinem Büro. Dafür entdeckte sie Zacchi, der das Daten-Back-up von den Einsatzfahrten besorgt hatte, im Rechnerraum. Den dumpfen Blondinenwitz, den er gerade seinem Kollegen erzählte, ignorierte sie.

»Hallo, ist Reto Flückiger da?«

»Nein. Der hat sich krankgemeldet.«

Klara glaubte, sich verhört zu haben. »Und die Fahndung?«

Die beiden Seepolizisten wussten offensichtlich nicht, wovon sie redete. »Welche Fahndung?«

Klara brauchte eine lange Sekunde, um zu begreifen. Sie hatte Flückiger vertraut. Er hatte ihr sein Wort gegeben.

Und offensichtlich nicht eine Sekunde vorgehabt, sich daran zu halten! Steiner war über alle Berge. Und der Herr Polizeichef hütete das Bett. Eine heilige Wut kochte in Klara hoch.

Sie sah die fragenden Blicke der Schweizer Kollegen auf sich gerichtet.

»Die Fahndung nach Marcel Steiner.«

Nach außen war Klara die Ruhe in Person, als sie das Dienstgebäude des Menschen verließ, der sie in einer Weise enttäuscht hatte, wie sie das sehr lange nicht mehr erlebt hatte. Aber in ihrem Innern stritten Wut und Empörung mit einer persönlichen Verletzung, die sich so klein im Hintergrund hielt, dass man meinen konnte, sie sei die geringste. Dabei war es genau andersherum.

***

Perlmann starrte zusammen mit Herrn Heisig auf den Minibildschirm im Filialleiterbüro. Heisig war zwar im Gegensatz zu seinem Vorgesetzten sehr hilfsbereit, dafür aber ziemlich umständlich. Es hatte etwas gedauert, das richtige Band von der richtigen Kasse in dem Stapel der Videokassetten, die er angeschleppt hatte, ausfindig zu machen. Klara war sicher längst bei der Seepolizei und machte richtige Arbeit, während Perlmann hier den Kaufhausdetektiv spielte. Er kniff die Augen zusammen, um auf dem splirrigen Schwarz-Weiß-Material etwas zu erkennen.

»Kann ich das noch mal sehen?«

Heisig spulte das Magnetband bereitwillig zurück. Perlmann verglich den Timecode mit der Zeitangabe auf dem Bon, den Weingarten als Alibi ausgehändigt hatte.

»Zwanzig Uhr fünfundfünfzig.« Heisig spulte wieder vor und ging bei zwanzig Uhr vierundfünfzig auf normales Tempo. Er fand die Abwechslung in seinem überschaubaren Arbeitsalltag offensichtlich äußerst spannend. Es kam sicherlich nicht oft vor, dass sich jemand für die Aufnahmen, die er täglich erstellte und löschte, interessierte.

Perlmann entdeckte auf dem Bildschirm etwas, was ihn förmlich elektrisierte. Heisig drückte die Pausentaste und studierte den Freeze, ohne etwas Außergewöhnliches erkennen zu können. Ein Mann, der seine Einkäufe in eine Tüte packte. Hinter ihm einer, der seine Einkäufe aufs Band legte. Für Heisig Alltagsgeschäft. Für Perlmann die sichere Erkenntnis, dass soeben Weingartens Alibi geplatzt war.

Er hatte es plötzlich sehr eilig. »Können Sie mir eine Kopie davon machen?«

Heisig zuckte die Schultern. »Noi, mir habet koin zwoite Rekorder.«

Perlmann stöhnte auf. Nicht wegen Heisigs ortstypischer Klangfarbe, sondern weil er das Band dringend brauchte. Heisig, bisher gedanklich eher langsam, hatte eine spontane Idee.

»Wisset Se was? Sie könnet des ganze Band mitnehmen.«

Der Filialleiter, der die beiden unablässig beobachtet hatte, zuckte schmerzlich zusammen bei dem Gedanken, dass Firmeneigentum außer Haus gelangen könnte. Perlmann kam jedem Einwand von ihm mit einem frischen »Danke!« zuvor und verließ zügig mit dem Tape und dem sensationellen Hinweis darauf das muffige Filialleiterbüro.

Heisig sah ihm stolzerfüllt nach. Der Polizei half man

gern. Die dünne Stimme seines Vorgesetzten riss ihn aus seiner Begeisterung.

»Müssen Sie nicht irgendwas abschließen?«

Heisig verstand die Frage nicht, wohl aber den Blick seines Chefs. Auf der Gefahrenskala von 1 bis 10 eine glatte 9. Hektisch stapelte er die Videokassetten unter sein Kinn. »Doch.« Und hoffte, dass der Turm wenigstens so lange halten würde, bis er aus der Kammer des Schreckens, wie das Büro intern unter den Mitarbeitern bezeichnet wurde, halbwegs raus war.

***

Heftiges Hämmern gegen die Scheibe der Fahrertür schreckte Reto Flückiger aus seinem Kampf gegen die Müdigkeit hoch, die ihn andauernd zu übermannen drohte. Bevor er sich recht orientieren konnte, riss Klara die Tür seines goldfarbenen Volvo P 1800 auf.

»Was soll das? Halten Sie so Ihr Wort?«

Ihre Wut überraschte ihn nicht. Und er ahnte, dass seine Erklärung sie nicht besänftigen würde.

»Ich bin befangen. Ich habe den Fall abgegeben.«

Er stieg aus dem gepflegten Oldtimer, in dem er die ganze Nacht vor Marcels Haus gewartet hatte, in der Hoffnung, er würde zurückkommen und einsehen, dass seine Flucht ein Fehler gewesen war.

»Das fällt Ihnen jetzt ein?« Klara bebte. Reto wusste nicht, ob aus Zorn oder aus Enttäuschung. Verstehen konnte er beides. Und er bedauerte einmal mehr, dass sie sich nicht unter glücklicheren Umständen begegnet waren. Immerhin konnte er versuchen, ihr ruhig zu erklären, warum er sich verhielt, wie er sich verhielt.

»Marcel ist mein Freund. Ich bin sicher, er war's nicht.

Sie haben doch überhaupt keine Ahnung, was ihm der Polizeidienst bedeutet. Das ist sein ganzes beschissenes Leben! Ich werde ihm das nicht antun.«

Reto verfluchte sich. Von wegen ruhig. Auch seine Nerven waren am Anschlag und sein Ton unnötig aggressiv. Klara reagierte entsprechend.

»Sie boykottieren meine Ermittlungen! Der Junge ist seit gestern flüchtig, und nichts ist passiert!«

Ihr Handy klingelte. Sie suchte es fluchend in ihrer Tasche, während sie weiter verbal auf Flückiger eindrosch.

»Es geht hier nicht um seine Polizeikarriere, es geht um Mord!«

Klaras Display kündigte einen Anruf von Perlmann an. Was immer er jetzt von ihr wollte, das konnte wirklich warten.

Dennoch nahm sie das Gespräch an. Wenn auch gereizt bis zum Anschlag. »Blum?«

Weder sie noch Flückiger sahen Steiner, der vom See kommend auf sein Haus zulief und sich panisch in den nächsten Hauseingang flüchtete, sich als Idiot verfluchend. Damit hätte er rechnen können, dass sie hier auf ihn warteten. Er atmete schwer und wusste nicht, was tun. Keine drei Meter von ihm entfernt ging Klara Blum genervt telefonierend auf und ab.

»Perlmann hier. Raten Sie mal, was es für Neuigkeiten gibt.« Die fröhliche Aufgekratztheit in Perlmanns Stimme, verbunden mit einem Quiz, war das Letzte, was Klara jetzt gebrauchen konnte.

Sie blaffte in den Hörer: »Keine Ahnung.«

Perlmann ließ sich in seiner Euphorie nicht bremsen. »Na, jetzt raten Sie doch mal.«

Klara schäumte. »Hör mal, ich hab jetzt grad gar keine Lust auf Ratespielchen.«

Perlmann, von wo auch immer er anrief, offensichtlich schon. »Ich gebe Ihnen einen Tipp: Gebissreiniger.«

Klara stöhnte: »Witzig.« Ihre Hoffnung, dass er endlich zum Punkt kommen würde, enttäuschte Perlmann mit einem weiteren Flachs.

»Ich mache nur meine Arbeit.«

Klaras Wut wegen Flückigers unglaublichem Vertrauensbruch entlud sich endgültig in den Hörer: *»Ich auch!«* Sie legte geharnischt auf, bevor Perlmann weitere Späße platzieren konnte, und sehnte sich nach Urlaub auf einer einsamen Insel, nur sie und eine Kiste Bücher. Auf keinen Fall ein Mann. Sie ging geladen zurück zu Flückiger, als sie sah, wie er plötzlich erstarrte.

Sie folgte seinem Blick. In einem Hauseingang stand Steiner. Er hob die Hände auf halbe Höhe, als wollte er sich ergeben, und trat auf die Straße, einen sperrigen Rucksack auf seinen schmalen Schultern. Er stellte sich ganz offenbar.

»Verdammte Scheiße, wo warst du die ganze Zeit, Marcel?«

Flückiger war zu Steiner geeilt und schüttelte ihn mit einer Mischung aus Erleichterung und Zorn.

Klara schloss kühl zu den beiden auf. »Über Ihre Rechte brauche ich Sie wohl nicht aufzuklären, Herr Steiner. Sie sind ja selbst bei der Polizei.«

»Ich habe Stähli nicht umgebracht. Und ich werde aussagen.« Steiner schien geradezu erleichtert.

Reto packte ihn hart am Arm und zerrte ihn zu seinem Auto. »Du bist mir eine Erklärung schuldig.«

Klara folgte ihnen und musste nun doch über Perlmanns Anruf grübeln. Was sollte das mit dem Gebissreiniger? Er fand das wahrscheinlich witzig. Sie hatten schon einmal besser harmoniert.

Sie blickte zu Flückiger und Steiner. Der Junge tat ihr fast schon wieder leid, wie er von Flückigers geballter Liebe, Wut und Sorge durchgeschüttelt wurde. Aber er war der Hauptverdächtige in ihrem Fall. Vielleicht tat ihr auch vielmehr Reto leid, der seinen Freund und Zögling verhaften musste. Flückiger drückte Steiner wie einen Schwerverbrecher auf den Rücksitz des Volvo. Dann hielt er Klara die Beifahrertür auf. Sie hätte gern etwas Versöhnliches zu ihm gesagt, aber es fiel ihr nichts ein.

ACHTZEHN

Perlmann parkte vor der Villa Stähli. Er war verstimmt, weil Klara einfach aufgelegt hatte. Dann ermittelte er eben allein mit der wichtigen neuen Erkenntnis, die seine Entdeckung im Supermarkt ergeben hatte. Machte Klara schließlich auch dauernd in letzter Zeit. Er wollte sich die Stimmung nicht weiter vermiesen lassen. Dazu war das Wetter an diesem Tag einfach zu prachtvoll. Er beschloss, einmal ums Haus zu gehen und sich die Beine zu vertreten, bevor er Beate Stähli befragen würde. Er hatte noch keine richtige Strategie für das Gespräch.

Und kam auch nicht dazu, eine solche zu entwickeln.

»Suchen Sie was Bestimmtes?«

Beate Stähli hatte das Küchenfenster geöffnet und sah ihn fragend an, in ihrer linken Hand den Wasserkocher. Wahrscheinlich machte sie wieder Tee für die Kleine. Sie sah mitgenommen aus. Kein Wunder.

Perlmann nahm seine Sonnenbrille ab. »Hallo, Frau Stähli, haben Sie einen Moment Zeit für mich?«

Sie nickte verhalten und bedeutete ihm, um die Ecke zur Haustür zu kommen. Dort öffnete sie ihm, ganz in Schwarz gekleidet, was sie noch blasser und durchscheinender wirken ließ.

»Und? Gibt es etwas Neues?«

Perlmann wollte nicht mit der Tür ins Haus fallen. Also lächelte er erst mal freundlich. »Den Täter haben wir leider noch nicht.«

Beate Stähli war über sein plötzliches Auftauchen alles andere als erfreut. »Was wollen Sie denn? Es ist gerade ganz schlecht. Meine Eltern kommen gleich wegen den

Vorbereitungen für die Beerdigung. Paula hat Hunger. Können Sie nicht morgen wiederkommen?«

Perlmann konnte sich vorstellen, dass sie mit dem Tod ihres Mannes vollauf beschäftigt war. Aber er war auf einer Spur, bei der nur sie ihm weiterhelfen konnte. Also blieb er hartnäckig. »Es dauert nur einen Moment.«

Beate Stähli nickte widerstrebend und bat ihn in die Wohnung. »Dann gehen Sie schon mal vor ins Wohnzimmer. Ich komme gleich.« Sie wies Perlmann den Weg, den er schon kannte, und ging selbst in die Küche.

Einem spontanen Impuls folgend machte Perlmann auf halbem Weg zum Wohnzimmer kehrt und spähte in die Küche, in der Beate Stähli hastig etwas in eine der Schubladen der luxuriösen Edelstahlküche stopfte, bevor sie den Tee für ihre Tochter in das Fläschchen goss. Er konnte seinen Kopf gerade noch aus der Tür zurückziehen, als sie sich umdrehte, als hätte sie seinen Blick in ihrem Rücken gespürt.

Sie hielt Paulas Fläschchen an ihre Wange, um die Temperatur zu prüfen, und rief Richtung Wohnzimmer: »Kann ich Ihnen was zu trinken anbieten?«

»Vielen Dank. Nicht nötig.« Perlmann tauchte wie aus dem Nichts in der Tür zur Küche auf. »Es geht um den Mitarbeiter Ihres Mannes.«

Beate Stähli griff zu einem scharfen Messer und einem Apfel und begann, ihn zu schälen. »Herr Weingarten?«

Perlmann nickte. »Kennen Sie ihn gut?«

Er ging an der Schublade vorbei, in die sie den Brief gesteckt hatte oder was immer das gewesen war, was sie nicht offen herumliegen lassen wollte, auf sie zu. Sie war so schmal, dass er sich gar nicht vorstellen konnte, dass sie in ihrer Größe passende Kleidung fand. Vielleicht kaufte sie ja in der Kinderabteilung ein.

»Ich habe bis zur Geburt von Paula die Buchhaltung der Werft gemacht. Ich kenne alle Angestellten meines Mannes.« Beate Stähli schnitt den Apfel in Viertel. Aus dem Wohnzimmer ertönte ein einsames Quäken, dann war wieder Stille.

»Er hat angegeben, dass er zu dem Zeitpunkt, als das Notsignal abgefeuert wurde, in Konstanz einkaufen war. Er hat uns sogar einen Kassenzettel gegeben.«

Perlmann holte statt des Kassenbons die Videokassette aus der Innentasche seines Sakkos. Beate Stähli nahm eine Reibe für die Apfelviertel.

»Nur: Auf dem Überwachungsvideo des Supermarkts ist ein ganz anderer Mann drauf. Können Sie da vielleicht mal reinschauen? Vielleicht kennen Sie den ja.«

Er sah Beate Stähli bittend an. Das Kind meldete sich erneut.

»Paula hat Hunger. Ich muss das jetzt machen.«

Perlmann nahm Beate Stähli freundlich-bestimmt die Reibe ab und drückte ihr dafür das Videoband in die Hände.

»Ich übernehme das gern. Ich hab schon hingespult.«

Er würde darüber nicht weiter mit sich diskutieren lassen. Dafür interessierte ihn viel zu sehr, was sich in der Schublade verbarg.

Beate Stähli fügte sich schließlich. »Okay.«

Während sie mit dem Video ins Wohnzimmer verschwand, öffnete Perlmann die Küchenschublade und fand darin einen Brief von einem medizinischen Labor. Eine Rechnung über einen DNA-Vaterschaftstest. Seine Augen wurden groß. Er versicherte sich rufend, dass Beate Stähli im Wohnzimmer war.

»Und? Kommt er Ihnen bekannt vor?«

»Ich glaube nicht …« Sie klang überfordert.

Perlmann überflog das Schreiben. Aus den Zahlen der Tabelle wurde er nicht schlau. Aber das Testergebnis, fett gedruckt am Ende der Auflistung, war eindeutig.

Er hörte, wie im Wohnzimmer der Videorekorder das Band auswarf, und versenkte den Brief eilig in der Innentasche seines Jacketts.

»Vielleicht können Sie mir das Band dalassen, dann sehe ich es mir nachher noch mal in Ruhe an.« Beate Stähli war mit dem Video zurück in die Küche gekommen und hatte es auf die Arbeitsfläche gelegt, um nach dem Schälchen mit dem geriebenen Apfel zu greifen. Paula hatte sich mit der ganzen Kraft ihrer kleinen Lungen gemeldet.

»Das geht leider nicht. Das ist das Original, wir haben keine Kopie.« Perlmann nahm die Videokassette fürsorglich an sich und folgte Beate Stähli zu Paula, die auf ihrer Wippe dabei war, sich in Rage zu schreien.

Er wusste nicht, wie er anfangen sollte. Der Brief hatte alles durcheinandergebracht. Eigentlich müsste er jetzt Klara anrufen. Aber da war weiter diese Verstimmung. Er würde das allein durchziehen. Und beschloss, direkt in die Offensive zu gehen.

»Ich finde übrigens nicht, dass Ihre Tochter aussieht wie Urs Stähli.«

Beate Stähli fütterte Paula ruhig weiter. »Ach ja? Dann kommt sie wohl eher nach mir.«

Sie war entweder kaltblütig oder völlig ahnungslos, dass Perlmann ihr Geheimnis entdeckt haben könnte.

Er wurde deutlicher. »Nein, eher nach dem Vater.«

Beate Stähli erstarrte. Es dauerte eine kleine Ewigkeit, bis sie ihren Kopf so weit gedreht hatte, dass sie Perlmann in die Augen sehen konnte. Perlmann konnte sich die Zusammenhänge noch nicht erklären und bohrte deswegen erst mal weiter.

»Ihr Mann hatte den gleichen Verdacht, oder? Deswegen hat er einen Vaterschaftstest machen lassen.«

»Ich weiß nicht, was die Polizei das angeht. Oder ermitteln Sie hier in einer Vaterschaftsklage?«

Ihre Stimme war wie Stahl. Die ganze Person war plötzlich knallhart. Er hatte den wunden Punkt erwischt. Sie hatte ihrem Mann das Kind eines anderen untergejubelt. Urs Stähli dürfte das Ergebnis des Vaterschaftstests am Tag seiner Ermordung zugestellt bekommen haben. Und seine Frau zog es vor, darüber mit der Polizei lieber nicht zu reden. Perlmann würde sie gern umfassend darüber aufklären, was alles in seinen Aufgabenbereich fiel.

»Es geht hier um Mord. Und da geht uns eigentlich alles an.«

Jegliche Verbindlichkeit war aus seiner Stimme gewichen. Beate Stähli sah ihn mit großen Augen an, in denen neben Angst etwas anderes flackerte. Perlmann erinnerte sich, wann er diesen Blick schon einmal gesehen hatte.

»Ich hatte schon länger das Gefühl, dass ich bei Ihnen etwas übersehen habe. Erinnern Sie sich noch, als Sie mir die Taucherausrüstung Ihres Mannes in der Garage gezeigt haben? Da waren zwei nasse Männergummistiefel. Die konnten unmöglich von Ihrem Mann sein, denn der war ja schon seit der Nacht –«

Weiter kam Perlmann nicht. Ein herber Schlag mit einem unfassbar harten Gegenstand ging auf seinen Hinterkopf nieder, und er verlor umgehend das Bewusstsein.

Beate Stähli hielt ihre Hand vor Paulas Augen, damit sie den Kommissar nicht zu Boden sacken sah. Weingarten ließ den Bootshaken sinken, den er in Händen hielt. Eine endlose schweigende Sekunde lang sahen sich die beiden nur an. Dann fand Weingarten seine Stimme wieder.

»Was hätte ich denn sonst machen sollen?«

NEUNZEHN

Steiner hatte den Inhalt seines Rucksacks auf den Tisch der Kaffeeküche der Kreuzlinger Seepolizei gepackt. Draußen am Hafen stritt eine Horde Möwen laut kreischend um eine stattliche Menge altes Brot, das ihnen zwei rüstige Pensionärinnen Stück für Stück in die Schnäbel warfen.

»Den hab ich aus einem Schrottcontainer, der auf dem Werftgelände steht.«

Flückiger blickte restlos irritiert auf den silbernen Stahlkoffer, den Steiner in einen Plastiksack gesteckt hatte, um die Fingerabdrücke darauf zu sichern. »Mensch. Du reitest dich immer tiefer in die Scheiße mit deinen illegalen Aktionen.«

»Wie soll ich denn sonst meine Unschuld beweisen? Mir glaubt ja sowieso keiner!«

»Doch. Ich!« Flückiger sah, dass Marcel ihm nicht glaubte. Er war in Panik, wie ein Tier in der Falle, so wie damals, als er hilflos mit ansehen musste, wie seine Eltern erschossen wurden. Flückigers freundlich nachgeschobenes »Idiot« verfehlte seine versöhnlich gemeinte Wirkung. Steiner wich jedem Blickkontakt mit ihm aus und fixierte lauernd Klara, die den Koffer oberflächlich inspiziert hatte.

»Selbst wenn Ihre Fingerabdrücke nicht auf diesem Koffer sind, was beweist das denn?«

Steiner fühlte sich auch von Klara angegriffen und reagierte entsprechend laut. »Vielleicht sind welche von Weingarten drauf. Außerdem kann die Spurensicherung feststellen, ob tatsächlich Geld in dem Koffer transportiert worden ist. In der Stähli-Werft werden Drogen gewaschen. Schon lange. Auch in der Tatnacht!«

Die Kollegen im Großraumbüro hoben die Köpfe und warfen sich Blicke zu. Flückiger schlug einen betont ruhigen, beinahe sanften Tonfall an.

»Hast du die Geldübergabe gesehen?«

»Nein. Ich hab die ›Pandora‹ doch gar nicht erreicht. Kaum als ich mit unserem Boot draußen war, kam ja schon der Anruf von dir, dass wir ausrücken müssen. Da musste ich natürlich sofort umkehren, damit du nichts merkst.«

Wenigstens sah Steiner seinen Mentor und Chef nun wieder an. Flückiger war innerlich völlig zerrissen. Seine Wut hatte er im Auto ausgetobt. Nun musste er Marcel zeigen, dass er weiter auf seiner Seite war. Auch wenn er für sein Verhalten keine Erklärung hatte.

»Es muss dir doch klar gewesen sein, dass deine Extratour im Flottenmanagement aufgezeichnet wird.«

Steiner senkte betreten den Kopf. »Ich dachte erst mal, das fällt nicht auf. Erst am nächsten Tag, als Stähli vermisst wurde, war mir klar, dass das untersucht wird.«

Er sah Reto entschuldigend an. Als der halbwegs verständnisvoll nickte, entspannte Steiner sich wieder ein wenig und versuchte, nun auch Klara zu überzeugen.

»Glauben Sie mir, das ist die Wahrheit! Weingarten hängt da irgendwie mit drin und versucht das durch seine Aussage auf mich abzuwälzen. Besorgen Sie sich einen Durchsuchungsbefehl für die Werft. Dann werden Sie die Beweise für Stählis illegale Geschäfte schon finden.«

Klara hatte sich bisher zurückgehalten, aber nun war der Moment gekommen, in dem Steiner erfahren würde, welche Entwicklungen die Dinge durch seine Flucht genommen hatten. »Ohne Amtshilfe kann ich gar nichts.

Ihr Freund Reto hat den Fall wegen Befangenheit abgegeben.«

Steiner schien nur langsam zu begreifen, in welches Dilemma er seinen einzigen Freund gebracht hatte. Flückiger machte eine vage Geste, die viel bedeuten konnte, aber in jedem Fall signalisierte, dass Steiner ihm nicht allzu großen Spielraum bei der Wahl seiner Mittel gelassen hatte.

Klara wollte die Männer in ihrer stummen Zwiesprache nicht stören. Aber es ging hier um einen Mordfall, und Befindlichkeiten waren das eine. Der Stahlkoffer als ein womöglich wichtiges Indiz das andere. »Das Ding kommt erst mal ins Labor.«

Zwischen Flückiger und Steiner fiel weiter kein Wort, aber die starke Verbindung zwischen den beiden war auf eine Art spürbar, dass für Klara kein Platz in dem kleinen Küchenraum zu bleiben schien.

Sie vermisste plötzlich Perlmann, nickte den beiden nahezu entschuldigend zu und verzog sich auf den Flur des Polizeireviers. Dort ärgerte sie sich umgehend über sich selbst. Wenn sich jemand zu entschuldigen hatte, dann Steiner. Oder Reto. Aber sie musste zugeben, dass sie von Retos Haltung, egal wie problematisch sie sein mochte, beeindruckt war.

Sie nahm ihr Handy, wählte Perlmanns Nummer und wurde direkt auf die Mailbox umgeleitet.

»Hallo, Perlmann, wo steckst du? Mach wenigstens dein Handy an.«

***

Unter anderen Umständen wäre Perlmann Klaras Aufforderung gern gefolgt. Momentan aber war er mit seinen

Handschellen an den formschönen und äußerst stabilen Stahlherd in der Stähli'schen Küche gefesselt und mit grauem Isolierband sozusagen Ton in Ton mit Küche und Anzug geknebelt. Davon wusste er noch nichts, denn Weingarten hatte den Schlag trotz Panik und eigentlicher Unerfahrenheit in solchen Dingen sehr effektiv ausgeführt, sodass Perlmann noch immer in tiefer Bewusstlosigkeit lag. Dagegen spitzte sich die Stimmung zwischen Weingarten und Beate Stähli im Wohnzimmer mehr und mehr zu.

Weingarten spulte zum wiederholten Mal das Videoband an die Stelle, die zeigte, wie Beate Stähli kurz vor Ladenschluss in den liegen gebliebenen Kassenbons des Supermarkts wühlte, bis sie fündig wurde.

»Das Band beweist doch nicht nur, dass ich gar nicht dort war, sondern auch, dass du mir den Kassenbon besorgt hast!« Weingarten wirkte geradezu kindlich verängstigt. Seine Hände, die die Fernbedienung des Rekorders hielten, zitterten unkontrolliert.

Im Gegensatz zu ihm blieb Beate ruhig und kalt wie Eis. Sie war zunächst nur froh, dass Perlmann, bevor er zu ihr gekommen war, sich das Band nicht bis zum Schluss angesehen hatte. Dann säße sie jetzt im Polizeirevier. Und Paula wäre allein.

Weingarten machte ihr Schweigen nur noch nervöser. »Das war eine Schnapsidee mit dem Kassenbon!«

Beate hasste Streitereien. Vor allem, wenn sie laut wurden. Das war einer der Gründe, warum sie sich von Urs innerlich immer mehr entfernt und sich dem ruhigen Weingarten zugewandt hatte. Sie erhob ganz bewusst ihre Stimme nicht, als sie auf seine hysterische Attacke reagierte.

»Mir ist auf die Schnelle nichts Besseres eingefallen.«

»Aber wieso denkst du nicht an die Videoüberwachung?«

Weingarten hatte fast gebrüllt. Beate sah besorgt zu dem Baby, das satt und friedlich in der Wippe schlummerte. Die Erkältung war offensichtlich überstanden. Sie musste Weingarten zur Vernunft bringen. Die ganze Sache drohte zu eskalieren. Das durfte sie ihrem Kind nicht zumuten. Es war alles, was sie hatte.

In der Küche meldete sich Perlmanns Bewusstsein im Zeitlupentempo zurück. Wie in unzählige Schichten Watte gepackt oder durch dichten Konstanzer Nebel hindurch hörte er die Stimme von Beate Stähli seltsam verzerrt und hörbar aggressiv.

»Das sagst ausgerechnet du! Der Mann mit dem wasserdichten Plan. Dass ich nicht lache. *Du* hast doch immer gesagt, dass du gar kein Alibi brauchst.«

Die männliche Stimme kannte er auch. Wenn auch nicht so gut wie die der Stähli.

»Das hätte ich auch nicht. Urs wäre sang- und klanglos über Bord gegangen. Ich hätte die ›Pandora‹ mitsamt der Kohle zurück in die Werft geschleppt, und niemand hätte gewusst, wo und wie er verschwunden ist.«

Das war Weingarten. Und der Mord an Stähli also doch eine Beziehungstat. Sie waren die ganze Zeit auf der falschen Fährte gewesen.

Perlmann realisierte erst jetzt, dass er gefesselt war. Sich absurd verrenkend versuchte er, an seine Jackentasche zu kommen, in der er den Schlüssel für die Handschellen vermutete.

In der Tasche war nichts. Auch nicht mehr der Brief. Sein Handy und seine Dienstwaffe hatten sie ihm natürlich auch abgenommen. Er musste wenigstens versuchen, den widerlich nach Isolierband schmeckenden Knebel loszuwerden. Im Wohnzimmer brüllten sich Weingarten und die Stähli weiter an.

»Hätte! Wäre! Ist aber nicht!« Beate Stähli hasste es, dass sie ihre Beherrschung verlor, und nahm sich eisern vor, sich umgehend wieder zu beruhigen. Weingarten schrie noch lauter.

»Was hätte ich denn machen sollen? Hätte ich das Boot einfach in den Hafen zurückschleppen sollen, während die Polizei rauskommt? Und alles nur wegen diesem verdammten Leuchtsignal.«

»Ich hab dir doch gesagt: Pass auf! Urs ist misstrauisch. Weißt du, wie er Paula immer angeschaut hat? Als ob er wüsste, dass er nicht der Vater ist. Und ich hatte recht. Schau, was er vor mir versteckt hat.«

Sie wedelte mit dem Befund des Labors vor Weingartens Augen. »Ein Brief vom Labor. Einen Vaterschaftstest.« Sie funkelte Weingarten mit eisigem Vorwurf an. »Hättest du wenigstens an den Bleigürtel gedacht. Dann hätten sie ihn nicht gleich gefunden.«

Weingarten zuckte nervös mit den Lidern und wich unwillkürlich vor ihr zurück. Fast sah es so aus, als würde er in Tränen ausbrechen. »Ach komm. Du hast doch gesagt: ›Schnell, schnell, schnell!‹«

Beate war von Weingarten plötzlich genauso angeekelt wie von ihrem Mann. Für solche Gefühle war jetzt keine Zeit. Sie musste ihn in den Griff kriegen. »Hör auf mit dem Gejammer. Das bringt jetzt nichts. Der Polizist liegt in der Küche.«

Weingarten riss sich endlich zusammen. »Glaubst du, er weiß, dass du auf dem Video mit drauf bist?«

Sie brauchte ihn. Ohne ihn würde sie es nicht schaffen.

Sie regelte ihre Stimme wieder auf normale Lautstärke, ohne dadurch an Entschiedenheit zu verlieren. »Nein. Sonst wäre er nicht allein zu mir gekommen. Er muss verschwinden.«

Perlmann, der nach dem massiven Schlag auf den Hinterkopf ähnliche Probleme mit der Geschwindigkeit und der Richtung seiner Gedanken hatte wie am Tag zuvor aufgrund erhöhten Alkoholkonsums, begriff gefesselt an den Küchenherd eines doch ganz genau: Die zarte, engelgleiche Beate Stähli war verrückt und zu allem entschlossen. Es ging, wie es aussah, um sein Leben.

Er rüttelte wie wild an seinen Handschellen. Ohne nennenswertes Ergebnis, da die Ausstattung eines deutschen Polizeibeamten verständlicherweise aus mehrfach geprüften, sehr widerstandsfähigen Materialien bestand. Dann begann er, an seinem Knebel zu zerren.

Im Wohnzimmer suchte Weingarten nach einem Ausweg. »Und wenn das nur eine Kopie von dem Band ist?«

Das, was sie immer an ihm gemocht hatte, seine Weichheit und Sensibilität, dass er gefühlvoll und nachgiebig war, ganz anders als Urs, machte Beate Stähli nun ausgesprochen aggressiv.

»Es ist das Original! Hat er selbst gesagt.«

Sie war wieder laut geworden. Weingarten duckte sich wie unter einem Schlag. Sie wusste, er würde alles für sie tun. Aber in ebendiesem Moment wusste sie nicht, ob sie das überhaupt noch wollte. Sie hörte ein ihr sehr vertrautes Motorengeräusch und erstarrte.

»Scheiße, meine Eltern.«

Ein silbergrauer Ford Taunus fuhr langsam in die Einfahrt der Stähli'schen Villa.

Sie wusste, dass sie keine Zeit mehr zu verlieren hatten, und riss Weingarten vom Sofa. »Komm, wir bringen ihn in die Garage.«

Weingarten setzte an, zu widersprechen, doch ein Blick von ihr genügte, um ihn verstummen zu lassen. Sie schaltete die Stereoanlage auf laut, schnappte sich Perlmanns Pistole und rannte in die Küche.

»Schnell, komm.«

Perlmann hatte den Knebel fast gelöst, als Beate mit wütender Kraft seinen Kopf nach hinten riss.

»Für uns ist es egal, ob wir Sie tot oder lebendig hier rausbringen. Für Sie wahrscheinlich nicht. Also tun Sie, was wir sagen.«

Sie klebte ihm erneut den Mund zu und zielte mit seiner Pistole auf ihn, damit Weingarten die Handschellen vom Herd lösen konnte, um ihm mit einer einzigen kraftvollen Bewegung die Arme auf den Rücken zu drehen und die Fesseln erneut anzulegen. Perlmann versuchte den Moment auszunutzen, um sich aufzurichten. Vielleicht würden ihn Beate Stählis Eltern durch das Küchenfenster sehen.

»Runter!« Weingarten drückte seinen Kopf fast bis zu den Knien. Beate Stähli bohrte ihm seinen Dienstrevolver in die Rippen. »Raus.«

Unter den donnernden Tönen von Beethovens Neunter Sinfonie zerrte Weingarten den sich heftig wehrenden Perlmann über den Flur zur Treppe, die in die Garage im Souterrain führte. Beate Stähli sah durch das Glas der Haustür ihre Eltern schwarz gekleidet und mit der nötigen Schwere, die bei Trauerfällen in der Familie angemessen ist, den Weg zum Haus heraufkommen. Ihr Adrenalinpegel kippte beinahe vor Anspannung.

Sie stieß Perlmann die Pistole mit aller Kraft in die Flanke. Ihre Eltern klingelten an der Haustür.

Weingarten schob Perlmann in Panik durch den Kellergang in die Garage. »Was machen wir jetzt?«

Auch Beate hatte jeden Rest von Selbstbeherrschung verloren. »Ins Auto! In den Kofferraum. Ich wimmle meine Eltern ab.«

Sie drückte Weingarten atemlos die Pistole in die Hand und wollte die Treppe zurück nach oben. Ihre Eltern klingelten ein zweites Mal und deutlich heftiger. Sie würden Fragen stellen. Sie musste sich zusammenreißen.

»Beate!« Weingarten stand aufgelöst mit Perlmann und Pistole vor Stählis schwarzem Jeep Grand Cherokee und sah sie restlos überfordert an.

»Du schaffst das.« Auch wenn sie daran in diesem Moment nicht glaubte, gelang es Beate doch, Weingarten so weit zu beruhigen, dass er die Pistole Richtung Perlmann erhob. Sie rannte durch den Keller zur Treppe. Die Klingel ging zum dritten Mal.

In der Garage bedrohte Weingarten am ganzen Leib zitternd Perlmann mit seinem Revolver und gab alles, um nicht die Nerven zu verlieren.

»Na los, Sie haben sie gehört.« Mit fliegenden Händen öffnete er den Kofferraum. »Rein.« Er richtete die Pistole auf Perlmann. »Rein!«

Perlmann machte keine Anstalten, Weingartens verzweifelt gebellter Anweisung Folge zu leisten. Er verfluchte seinen Knebel. Ohne ihn hätte er mit Weingarten, der kurz vor dem Durchdrehen war, reden können. Das war immer der beste Moment. Wenn sie am Ende ihrer Kräfte waren und nichts mehr ersehnten, als dass der Alptraum endlich ein Ende hatte. Er starrte Weingarten an, als könnte er ihn nur mit seinem Blick zum Zusammenbrechen bringen.

Weingarten drehte durch. »Verdammt noch mal, rein! Oder ich baller dich ab. Los!«

Er sah wirklich so aus, als würde er jeden Moment abdrücken. Perlmann wusste, wann er verloren hatte. Er stieg in den geräumigen nach oben offenen Kofferraum, dessen Scheiben allerdings komplett verdunkelt waren. Offenbar nicht schnell genug, denn Weingarten trat brutal nach. Perlmann stieß sich den Kopf an etwas Scharfkantigem. Weingarten zog die Abdeckung über den Kofferraum.

»Geht doch. Und kein Mucks.« Krachend schlug er die Kofferraumhaube zu.

Perlmann lag in völliger Dunkelheit. Seine gefesselten Handgelenke waren von Weingartens Gezerre aufgeschürft. Sein Kopf schmerzte von dem wuchtigen Schlag, der ihn zu Boden gestreckt hatte. Er hatte Durst. Und Angst. Nackte Angst.

Er traute Beate Stähli mittlerweile alles zu. Und verfluchte sich für seine dämliche Geheimnistuerei Klara gegenüber. Schweiß trat ihm auf die Stirn. Seine Schleimhäute schwollen plötzlich an. Auf etwas in dem Auto reagierte er allergisch. Oder war es die Panik? Er rang um Luft. Sein Mund war fest verklebt. Die Nase fast komplett zu. Das Atmen wurde zu einem einzigen Kampf um Sauerstoff. In einem Anfall von Verzweiflung trampelte Perlmann gegen die Wände des Kofferraums. Der lange Gang von der Garage durch den Keller bis zu der Treppe, die nach oben in die Wohnung führte, verschluckte jedes Geräusch.

Beate bat ihre Eltern aufgelöst ins Haus. »Tut mir leid. Ich habe euch nicht gehört.« Sie hoffte, dass die beiden ihre desolate Verfassung einzig dem unfasslichen Umstand zuschrieben, dass ihr Ehemann Opfer eines Mordes geworden war.

Ihr Vater umarmte sie kurz und unbeholfen. »Mein Kind.«

Ihre Mutter drängte sich dazwischen. »Ach, mein Schatz.« Sie drückte Beate so fest, als wollte sie sie nie mehr loslassen. Aus dem Wohnzimmer dröhnte Beethoven auf voller Lautstärke.

Beate wand sich aus ihren Armen. »Ihr Lieben. Könnt ihr später noch mal wiederkommen? Es geht gerade gar nicht. Ich muss die Musik raussuchen, der Bestatter will das jetzt wissen.«

Ihre Mutter dachte nicht daran, sie in dieser schweren Stunde allein zu lassen. Sie nahm Beate entschieden bei den Händen. »Kind, du wirst doch nicht Beethovens Neunte für die Beerdigung nehmen wollen?«

Ihr Vater drängte die beiden in die Wohnung und schloss fürsorglich die Haustür. »Das passt doch überhaupt nicht.«

Beate musste einsehen, dass jeder weitere Widerstand zwecklos war. Sie zwang sich zur Ruhe und führte ihre Eltern ins Wohnzimmer. In ihr die bohrende Ungewissheit, ob Kurt Weingartens Nerven stark genug waren, um nicht durchzudrehen. Er hatte die Pistole. Irgendwann würde dieser Kommissar von seinen Kollegen vermisst werden. Sie musste ihre Eltern beschäftigen. Nach Paula sehen. Und den Polizisten verschwinden lassen. Über alles andere konnte sie jetzt nicht nachdenken.

ZWANZIG

Klara hatte, nachdem sie Perlmann eine SMS geschrieben und es noch ein paarmal auf seinem Handy versucht hatte, schließlich im Büro angerufen.

»Nein, hier war er nicht. – Nein, angerufen hat er auch nicht.« Beckchen klang leicht gelangweilt. Klara gingen langsam die Erklärungen für Perlmanns Verhalten aus. Okay, sie hatte ihn angeblafft. Weil er ihr manchmal einfach zu selbstverliebt war, berauscht von seinen tollen Erkenntnissen, die er ihr nicht einfach mitteilen konnte, sondern als Ratespielchen zelebrieren musste. Aber sich gar nicht mehr zu melden war nicht gerade professionell.

»Dann frag doch mal im Supermarkt in der Carl-Benz-Straße nach, ob er da ist. Und ruf mich an, wenn du was weißt.«

»Mach ich. Ciao.« Beckchens Gruß war wie ein aufmunterndes Lächeln. Klara lächelte dankbar in den Hörer zurück. »Ciao.«

Ihr Lächeln erlosch wieder, als sie das Gespräch mit einem zögernden Knopfdruck beendete. Auch wenn er zehnmal den Beleidigten spielte, auf ihre SMS müsste er sich langsam melden. Sie waren schließlich kein verkrachtes Liebespaar, sondern ein Team, das einen Mord zu klären hatte. Sie brauchte ihn.

Reto, der zu ihr gekommen war, sah sie fragend an.

Ihr Blick fiel in das melancholisch warme Braun seiner Augen, und sie verweilte für einen tröstenden Moment darin. Dann folgte sie ihm zurück zu Steiner.

***

Perlmann trampelte in der Tiefe des Stähli'schen Kofferraums um sein Leben. Auf der Stoßstange des Grand Cherokee saß Weingarten mit zusammengepressten Lidern und hielt sich wie ein überfordertes Kind die Ohren zu. Er merkte nicht, dass Beate aus der Wohnung zurück in den Keller gehetzt war und ihn fassungslos anstarrte. Sie schloss schnell die Tür der Garage, damit kein Laut von Perlmann nach oben in die Wohnung zu ihren Eltern dringen konnte.

Das Klacken der Tür ließ Weingarten beinahe panisch aufschrecken. Er sah aus, als wäre er kurz davor, sich aufzulösen. Beate blieb bei der Tür, für einen Moment zweifelnd, ob sie das Ding mit ihm durchziehen konnte. Sie musste ihn beruhigen.

»Sie haben nichts mitgekriegt.«

Weingarten stolperte erleichtert auf sie zu. Sie zog ihn in ihre Arme. »Komm her.«

Sie hielt ihn fest, innerlich kalt. »Du lässt jetzt den Wagen von dem Polizisten verschwinden. Und in einer Stunde kommst du mit dem Boot zur Landzunge.« Sie flüsterte Weingarten die Worte ins Ohr wie eine Liebeserklärung. Von oben aus der Wohnung rief ihre Mutter nach ihr.

»Welche Landzunge?« Weingartens Hirn arbeitete offensichtlich stark verlangsamt. Beate musste für zwei denken, mindestens. Sie instruierte ihn so sanft wie möglich. »Die beim Schlössli.«

Ihre Mutter rief erneut und deutlich drängender. Vielleicht war etwas mit Paula. Beate konnte sich nicht vierteilen. Gar nicht sanft brüllte sie nach oben zurück: »Ich komme gleich!«

Weingarten zuckte wieder wie unter einem Schlag zusammen. Sie beherrschte sich. Es hing jetzt alles an ihr. Sie musste ihm sagen, was er zu tun hatte. Und sie musste ihm das Gefühl geben, dass sie das schaffen würden.

»Gib mir die Waffe.« Sie nahm ihm behutsam die Pistole ab und umarmte ihn fast zärtlich. »Wir schaffen das.«

Sie hoffte, dass sie ihm damit Kraft gab. Sie mochte ihn weiterhin. Er war nur sehr schwach.

»Pass auf dich auf.«

Beate kam abgehetzt aus dem Keller zurück und stellte erleichtert fest, dass mit Paula alles in Ordnung war. Sie würde sie ohne Bedenken bei ihren Eltern lassen können. Die beiden saßen im Wohnzimmer und steckten die Einladungen für die Beerdigung in Kuverts. Beate hatte einen schönen Trauerspruch ausgewählt: »Menschen, die wir lieben, bleiben für immer, sie hinterlassen ihre Spuren in unseren Herzen. Wir werden dich nie vergessen.«

Ihre Mutter blickte traurig berührt zu Paula in der Wippe am Boden, die ohne ihren Vater würde aufwachsen müssen. Paula gluckste zufrieden. Der Besuch schien ihr zu gefallen.

»Ich muss noch mal auf den Friedhof, wegen dem Grab.«

Beates Vater erhob sich ganz automatisch, um seine Tochter zu begleiten. Sie log ihn nicht gern an.

»Du, Papa, ich mach das allein.«

Er setzte sich wieder und sah fragend zu seiner Frau, die nach einem kurzen Moment der sorgfältigen Abwägung vermittelnd nickte. Beate hatte schon als Kind ihren eigenen Kopf gehabt und machte die Sachen mit sich selbst aus. Aber ein Anliegen hatte sie wegen des Grabes.

»Nimm bitte unbedingt ein Familiengrab. Da passen dein Vater und ich später auch noch rein.«

***

Das mit der Langeweile hatte sich erledigt. Beckchen ging die Gesprächsnotiz, die sie sich von dem Telefonat mit dem Supermarktleiter gemacht hatte, noch einmal durch, während sie mit Klara telefonierte. »Die sagen, er isch schon seit über zwei Stunden weg. Des Band hätte er mitgenommen.«

»War was Besonderes auf dem Band?«

Das Gleiche hatte Beckchen den Typ auch gefragt. »Perlmann hat sich eine bestimmte Stelle zeigen lassen. Da war wohl ein Mann drauf.«

Klara wurde hellhörig. »Welcher Mann? Weingarten?«

Von einem Namen hatte Hausmeister Heisig nichts gesagt. Aber er hatte erzählt, dass Perlmann es plötzlich sehr eilig gehabt habe. »Da haben die ned drauf geachtet.«

Beckchen stockte, bevor sie Klara gestand, was ihre tiefste Besorgnis war. »Klara, es wird ihm doch nichts passiert sein?«

Klara hätte diese Frage gern mit einem überzeugten Nein beantwortet. Stattdessen lief sie vor Reto und Steiner mit dem Handy am Ohr wie ein eingesperrter Tiger im Kreis.

»Ich hoffe nicht. Ich melde mich, wenn ich etwas weiß.«

Sie legte auf und sah die besorgten Gesichter ihrer Schweizer Kollegen. Steiner schien sich das erste Mal, seit sie ihn kannte, für etwas anderes als seine fixen Ideen zu interessieren. Klara schwor innerlich Abbitte für alle Unzulänglichkeiten, die sie Perlmann jemals vorgeworfen hatte.

»Ich habe die ganze Zeit gedacht, er will mich ein bisschen zappeln lassen. Aber langsam glaube ich das nicht mehr.«

Flückiger nahm die Sache in die Hand. »Ich frag mal bei der Notrufzentrale nach. Vielleicht hatte er ja einen Unfall.«

Der Gedanke war Klara auch schon gekommen. Aber dann wäre das Präsidium sofort informiert worden. Dennoch war sie Reto dankbar. Ihr fiel wieder der Gebissreiniger ein. Was hatte Perlmann ihr damit sagen wollen? Er hatte etwas herausgefunden, und sie sollte erraten, was. Davor war er im Supermarkt gewesen und hatte das Videoband mitgenommen. Supermarkt, Band, Gebissreiniger. Klara fehlten entschieden zu viele Puzzlestücke, um daraus ein Bild zusammenzusetzen.

***

Tief in sich zusammengekauert saß Weingarten auf dem Dingi, das er auf die Landzunge beim Schlössli gezogen hatte. Er wartete auf Beate. Der Tag war klar und sonnig. Und sie hatten einen Polizisten gekidnappt.

Zuerst war er einfach nur froh gewesen, als er endlich aus der Garage konnte, mit seinem Auto zur »Dolly« und raus auf den See, wenn auch nur für das kurze Stück bis zum Schlössli. Da fühlte sich alles wieder gut an. Und er konnte den Kommissar vergessen. Vor dem Schlössli war er vor Anker gegangen und dann mit dem Schlauchboot an die um diese Jahreszeit verwaiste Landzunge gefahren. Jetzt saß er hier und wartete. Und mochte sich gar nicht vorstellen, worauf.

Er war wie taub, innerlich und äußerlich, die Luft fühlte sich papieren an, das Wasser, die Geräusche, als wäre alles gar nicht echt. Als würde er gar nicht hier sitzen. Er hatte einen Menschen umgebracht. Er könnte das nicht noch mal tun. Aber für Beate musste er es vielleicht. Er liebte sie. Auch wenn sich selbst die Liebe für sie im Moment ganz unwirklich anfühlte.

Er hörte ein Auto über die Kiesel der Landzunge heranpreschen. Er brauchte nicht aufzublicken. Den Motor des Jeeps kannte er. Und von Fahrstil und Tempo her konnte das auch nur Beate sein. Sie hatte Feuer. Das traute man ihr auf den ersten Blick gar nicht zu, so engelhaft, wie ihre Erscheinung war. Vielleicht hatte er ein völlig falsches Bild von Engeln.

Eine Fortführung seiner Gedanken, die ihn von dem hätten ablenken können, was ihm bevorstand, vereitelte Beate mit einer scharfen Bremsung direkt vor seinen Füßen. Nun musste er wieder an den Mann im Kofferraum denken. Ob er immer noch um sich trat?

Beate sprang wie unter Starkstrom aus dem riesigen Gefährt und sah sich prüfend auf der Landzunge um. Sie waren allein und würden es unter der Woche am frühen Nachmittag hier mit ziemlicher Wahrscheinlichkeit auch bleiben. Weingarten meinte fast, ihre Gedanken lesen zu können, als sie sich abrupt umdrehte und nach hinten zum Kofferraum ging. Sie nickte ihm auffordernd zu.

»Hat bei dir alles geklappt?«

Wie immer riss ihn ihre Energie mit. Alles Schwere fiel von ihm ab. Er kam ihr zuvor, als sie den Kofferraum öffnen wollte. »Klar.«

Eine Frage lag ihm allerdings weiterhin auf der Seele. »Was ist, wenn er irgendwem erzählt hat, dass er zu uns kommt?«

»Er ist nie bei mir angekommen.«

Einfach und klar wie ein Kristall. Sie hatte alles durchdacht. Es könnte klappen. So könnte es klappen. Weingarten spürte, wie neue Kraft in ihn strömte. Sie konnten nicht mehr zurück. Er öffnete den Kofferraum.

Perlmann starrte ihn aus wilden Augen an. Das Klebeband, das er in der verzweifelten Angst zu ersticken von seiner Haut geschubbert hatte, indem er mit Kinn und

Mund wieder und wieder über den Teppich am Boden des Kofferraums geschrammt war, hing halb herab. Er keuchte und rang um Luft.

Bevor er auch nur darüber nachdenken konnte, um Hilfe zu schreien, zielte Beate Stähli ruhig und konzentriert mit seinem Revolver auf ihn.

Sie holte aus ihrer Jacke das verhasste Isolierband und warf Weingarten die Rolle zu. »Kleb ihm den Mund wieder zu.«

Perlmann wollte protestieren, aber Weingarten war erstaunlich schnell. Ohne Rücksicht auf Perlmanns wunde Haut um Lippen und Nase verklebte er seinen Mund erneut. Wenigstens ging es an der frischen Novemberluft mit dem Atmen leichter. Die Schmerzen seiner gefesselten Handgelenke spürte Perlmann schon gar nicht mehr.

Es sah fast so aus, als wollte Weingarten Perlmann aus dem Kofferraum helfen, als ihm eine Frage durch den Kopf schoss.

»Und das Video?«

Beate reagierte plötzlich genervt. »Gott, jetzt reiß dich mal zusammen.«

Sie zerrte Perlmann selbst aus dem Kofferraum, mit einer Kraft und Grobheit, die diesen in aller Todesangst doch noch zu überraschen vermochte.

»Wenn er niemandem von dem Video erzählt hat, dann haben wir noch eine Chance. Aber er muss verschwinden. Und das schnell! Und so, dass er nie wieder auftaucht.«

Sie stieß Perlmann brutal vor sich her zum Schlauchboot. Er versuchte, einen Blick auf Weingartens Reaktion zu erhaschen, um zu sehen, ob der genauso Ernst machen wollte wie Beate Stähli. Weingarten war der Weichere und seine einzige Chance. Denn eines war jetzt klar: Die wollten ihn versenken, wie sie das mit Stähli vorgehabt hatten.

Bisher hatte er noch spekulieren können, wie weit sie gehen würden. Aber das war eine eindeutige Ansage. Zumindest von Beate Stähli. Er fing an, sie inbrünstig zu hassen, und wehrte sich mit aller Kraft gegen ihre Stöße. Das war Wahnsinn. Damit kamen sie nie durch! Er würde umsonst sterben. Er würde – sterben.

Die Einsicht drang wie ein einzelner klarer Ton in Perlmanns Bewusstsein. Und wurde pure überleben wollende Energie. Wie ein Irrer und ohne weitere Rücksicht auf sein teures Schuhwerk strampelte Perlmann gegen sein Schicksal an. Keiner wusste, wo er war. Niemand würde ihn vermissen. Klara war sowieso sauer auf ihn. Er saß in der Falle. Aber. Er. Wollte. Nicht. Sterben!

***

»Es gibt keinen Hinweis auf Ihren Kollegen.« Reto wäre gern mit einer hilfreicheren Nachricht aus der Notrufzentrale zurück zu Klara in sein Büro gekommen. Steiner hatte ihr einen ungenießbaren Kaffee gebraut. Klara war nicht nur deswegen am Anschlag.

»Da muss was passiert sein! Perlmann war vielleicht sauer auf mich. Aber nicht so sauer, dass er seinen Dienst quittiert!«

Reto besann sich auf die Fakten. Sie mussten jetzt systematisch vorgehen. »Und zuletzt war er im Supermarkt?«

Klara nickte. »Weingarten hat uns als Alibi für die Tatzeit einen Kassenbon gegeben. Perlmann wollte das überprüfen. Er hat irgendwas von Gebissreiniger gefaselt. Ich hab das nicht verstanden.«

Marcel Steiner reagierte auf den Gebissreiniger mit ähnlich konsterniertem Gesichtsausdruck wie Klara wenige Stunden zuvor am Telefon. Reto hatte seinen Ruf als herausragender Ermittler nicht von ungefähr. Er kannte den genauen Zusammenhang noch nicht, aber er ahnte eine Spur.

»Nehmen wir mal an, er hätte herausgefunden, dass Weingarten gelogen hat, wäre er dann ganz allein zu ihm hingefahren?«

Klara war sich nicht sicher. Aber das würde sie den Schweizer Kollegen nicht so direkt unter die Nase reiben.

»Ich denke nicht. Wenn er Weingarten für mordverdächtig hält, dann wird er ihn nicht allein vernehmen.«

Steiner sah in Flückigers Vermutung die ersehnte Chance, sich endgültig zu rehabilitieren, zumindest was den Verdacht anging, dass er Urs Stähli ermordet haben könnte. Er wandte sich flammend überzeugt an Klara.

»Hören Sie, ich weiß, dass Kurt Weingarten Dreck am Stecken haben *muss*. In der Tatnacht hat er zu mir gesagt, dass das Signal vom Ufer kam. Das heißt, er hat Sie angelogen. Wenn Ihrem Kollegen etwas zugestoßen ist, dann muss *er* dahinterstecken.«

Klara gab ihren inneren Widerstand gegen Steiner auf. Er war fanatisch – Reto würde sagen: traumatisiert. Er nervte mit seinen Alleingängen und provozierenden Behauptungen. Aber die Unschuldsvermutung musste auch für ihn gelten, bis zum Beweis des Gegenteils. Und wie er Weingartens Verhalten interpretierte, klang logisch, zumindest für den Fall, dass Weingarten tatsächlich mit Stählis Verschwinden etwas zu tun hatte. Sie mussten zur Werft und mit ihm reden.

Sie hoffte inständig, dass Perlmann endlich auftauchen und alles erklären würde. Ihre Auseinandersetzung im Bootshaus war unnötig gewesen wie ein Kropf. Klara hätte ihre beleidigende Bemerkung über seinen Liebeskummer gern zurückgenommen. Damit hatte sie ihn verletzt.

Und sie hätte zuhören sollen, als er ihr am Telefon ein Rätsel stellte. So war es immer im Leben: kleine Ursache, große Wirkung. Und hinterher bereute man und konnte doch an den Entwicklungen, die die Dinge genommen hatten, nichts mehr ändern.

Klara riss sich aus ihren Gedanken und nahm ihre Tasche und ihren Mantel. Sie nickte Steiner dankbar und im Ansatz beinahe freundlich zu. Die Reaktion, die das bei ihm auslöste, erstaunte sie. Er lächelte. Es war das erste Mal, seit sie ihn kannte, dass er lächelte. Klein, verhalten, auf eine fast kindliche Art. Ein verschreckter Junge, der Polizist spielte, weil er anders nicht ins Leben reinkam.

Er musste ein einsamer Mensch sein.

Wie selbstverständlich folgten Flückiger und Steiner ihr aus dem Büro. Obwohl die Schweizer Kollegen wegen Befangenheit keine Amtshilfe mehr für sie waren, wehrte sie sich nicht gegen die Begleitung. Im Gegenteil, sie war froh, nicht allein zur Werft zu müssen. Die Sorge um Perlmann vereinnahmte sie nahezu ganz. Bei der Befragung Weingartens war es gut, einen ruhigen und erfahrenen Ermittler wie Reto an ihrer Seite zu wissen.

***

Auf der Höhe des Schlösslis raste das Schlauchboot mit Vollgas auf die vor der Landzunge verankerte »Dolly« zu. Perlmanns Hoffnung noch am Ufer, dass aus dem Nichts jemand auftauchen würde, ein Jäger, ein Spaziergänger, von ihm aus auch ein Kiffer, der in Ruhe einen durchziehen wollte, hatte sich nicht erfüllt und ihn in tiefe Verzweiflung gestürzt. Es ging um nichts weniger als sein Leben. Und er war zwei Wahnsinnigen ausgeliefert. Zumindest zwei Menschen, die sich mit ihrem Tun in eine scheinbar ausweglose Situation gebracht hatten und nun für Argumente nicht mehr zugänglich waren. Wenn sie ihn erst auf ihr Boot verschleppt hätten, wäre seine Chance auf Rettung gleich null.

Beate Stähli hielt die ganze Zeit mit manischer Entschiedenheit seine Pistole auf ihn gerichtet. Als könnte er von dem Dingi fliehen, die Hände auf dem Rücken gefesselt. Er würde untergehen wie ein Stein, wenn er sich über den Rand des Schlauchboots ins Wasser fallen lassen würde. Auch eine Art zu sterben. Aber er wollte nicht sterben.

Sie erreichten die »Dolly«. Beate Stähli kommandierte Weingarten mit scharfem Ton. Perlmann beobachtete, wie er alle Befehle widerspruchslos ausführte, obwohl seine Haltung heftige Abwehr gegen das ganze Vorhaben verriet. Er musste Weingarten für sich einnehmen, an sein Schuldgefühl appellieren, nur so hatte er noch eine Chance.

Obwohl, soweit Perlmann kapiert hatte, war es Weingarten, der Stähli eiskalt ermordet hatte. Bei seiner Vernehmung am nächsten Tag hatte er sich dann nicht die kleinste Unsicherheit anmerken lassen. Er war ein willfähriges Werkzeug in der Hand von Beate Stähli. Zumindest solange ihr Einfluss auf ihn ungetrübt war. Perlmann musste einen Keil zwischen sie treiben. Weingartens Zweifel, seine Abwehr provozieren.

In seiner Panik war Perlmann nicht bewusst, dass er Weingarten seit einer gefühlten Ewigkeit wie hypnotisierend anstarrte, mit einem Blick der abgrundtiefen Verzweiflung, der Weingarten restlos überforderte. Viel heftiger als nötig und von ihm beabsichtigt, riss er Perlmann, nachdem er das Schlauchboot an der »Dolly« vertäut hatte, auf die Beine und stieß ihn zu der Leiter, die aufs Boot führte.

An Deck stand bereits Beate Stähli, die Perlmann am Revers grob zu sich hochzog. Sie mussten schnell sein. Trotz nahem Winter waren bei herrlichem Wetter wie heute immer ein paar Wassersportler auf dem See. Die der Anblick eines gefesselten jungen Mannes, der gegen seinen Willen an Bord eines Schiffes gezerrt wurde, wahrscheinlich dazu veranlassen würde, die Polizei zu benachrichtigen. Das durfte nicht passieren. Als Perlmann mit angstgeweiteten Augen über seine Schultern wie bittend zu Weingarten blickte, verlor der endgültig seine Beherrschung.

Wie in einem Rausch trat und schlug er Perlmann unter Deck in die Pantry, beschimpfte ihn aufs Übelste, während er ihn in der Sitzecke zu Boden drückte, die Fesseln auf seinem Rücken löste und seine Hände brutal an ein im Boden verankertes Bein der Sitzbank kettete.

Auf dem Boden kauernd und am ganzen Körper zitternd vergaß Perlmann die Strategie, die er sich für den vermeintlich schwachen Weingarten ausgedacht hatte. Er war ihm ausgeliefert. Das war kein Polizeiseminar über psychologische Intervention im Krisenfall. Das hier war das wahre Leben. Und ging in ebendiesen Minuten unwiederbringlich vorbei. Vor Perlmanns Augen zog weder der klassische Sekundenfilm mit den schönen und herausragenden Momenten seines Lebens vorbei, noch wurde er von tiefen Erkenntnissen über den Sinn von Welt und Sein überrascht. Sein einziger Gedanke war, dass er nicht sterben wollte!

Und dass er das auch nicht mitkriegen wollte. Wie Weingarten ihn erschlug. Oder Beate Stähli ihm die Pistole an die Schläfe drückte. Er war nackte Angst und schreiender

Lebenswille. Er presste seinen Kopf auf seine Knie und kippte innerlich weg in ein Land, in dem alles gut und keine Angst war.

Als er wieder zu sich kam, war völlige Stille um ihn herum. Ganz schwach das Brummen des Außenborders. Beate Stähli und Weingarten waren offensichtlich mit dem Dingi zurück zur Landzunge gefahren. Natürlich würden sie die Dunkelheit abwarten, um ihn verschwinden zu lassen. Er hatte also noch eine Galgenfrist. Perlmann richtete seinen Oberkörper auf, so weit es seine Fesselung zuließ. Alles in ihm fühlte sich wund an. Und gleichzeitig auf eine müde Art klar und ruhig. Wie nach einem Unfall, wenn der Schock allmählich abklang.

Seine Gedanken taumelten durch sein betäubtes Hirn. War es ihr Plan, ihn hier verhungern zu lassen? Oder erfrieren? Ihm war kalt. Auf der »Dolly« war es kalt. Die Strahlen der Sonne, die den See golden aufglänzen ließen, drangen nicht bis in die Pantry. Außerdem trug er nur sein Sakko und war bis auf die Haut durchgeschwitzt. Er fing haltlos an zu frösteln. Dachte an Johanna, die ihn eiskalt hatte abblitzen lassen. Fühlte sich elend und allein. Und staunte, als Tränen über seine Wangen zu rinnen begannen.

***

Auf der Landzunge zogen Beate Stähli und Weingarten das Boot gehetzt ans Ufer. »Ich fahr dich jetzt zurück zur Werft.« Beate sprang auf den Fahrersitz. Weingarten, der von seiner Aggressivität Perlmann gegenüber noch immer völlig überrollt war, starrte zu seinem Boot auf dem See und nickte nur.

»Je mehr Menschen dich dort sehen, umso besser. Und wenn's dunkel wird, dann ziehen wir das hier durch. Hey, Kurt, wir haben sechs Millionen Euro!« Beate war wieder aus dem Auto gestiegen und hinter ihn getreten. Sie schien alle Kraft aus dem Gedanken an das Geld zu schöpfen. »Das Drogengeld wird niemand als vermisst melden.« Sie drehte ihn sanft zu sich, sah ihn mit ihren Engelsaugen an, in denen nun wieder alles lag, nach dem Weingarten sich sehnte und verzehrte und was ihre Welt und ihre Zukunft war. »Ich liebe dich.«

Als wäre er sie und könnte nur durch sie atmen und sein und hätte ihre Zuneigung gar nicht verdient, konnte Weingarten nichts sagen außer »Danke«.

EINUNDZWANZIG

Klara raste über die Seetalstraße nach Bottighofen. Das plötzliche Durcheinander im Büro der Seepolizei wegen irgendeiner Einsatzkoordination, über die Flückiger entscheiden musste, hatte sie unnötig Zeit gekostet. Jetzt auf dem Sitz neben ihr sah er ein bisschen grün um die Nase aus, als würde er lieber selbst fahren. Klara stieg aufs Gas. Das schöne Wetter bemerkte sie gar nicht.

Als sie auf das Gelände der Stähli-Werft einbog, sah sie im Rückspiegel, wie Steiners Gesicht sich verdüsterte. Sie hoffte, dass er nicht noch mehr Dummheiten machen würde, und bereute fast, ihn mitgenommen zu haben.

In der Werfthalle grüßte Flückiger einen Werftarbeiter.

»Salü, Ruedi.«

»Salü, Reto.«

Klara sah sich in der Halle suchend nach Weingarten um. Es roch nach Holz, Leim und Farbe.

»Hast du den Kai Perlmann gesehen, von der Kripo Konstanz, hier auf der Werft?«

Klara fragte sich, ob Ruedi Perlmann kannte, nur weil er gestern einmal auf der Werft gewesen war. Ruedi verneinte Retos Frage sehr bestimmt. Er zumindest glaubte also, Perlmann zu kennen. Klara wollte keine weitere Zeit mehr verlieren und fragte einen der Arbeiter nach Weingarten. Sie folgte seinem ausgestreckten Zeigefinger und blickte hoch zur Segelyacht, unter der sie stand. Weingarten hatte ihr Kommen offenbar beobachtet und nickte ihr beschäftigt zu, bevor er wieder hinter der Reling verschwand.

Klara schnappte sich Flückiger und stieg mit ihm auf die Bühne, auf der die Männer an den aufgedockten Schiffen arbeiteten. Weingarten sah aus, als hätte er sie erwartet.

»Na, Frau Blum? Suchen Sie Ihren Kollegen?«

Weingartens betont lockerer Tonfall missfiel ihr. Sie musterte ihn kühl von oben bis unten. »Ja. Hat er Kontakt zu Ihnen aufgenommen?«

Weingarten blieb so locker. »Nein. Tut mir leid.«

»Waren Sie den ganzen Tag hier in der Werft?«

»Ich war den ganzen Tag hier. Ja.«

Sie wusste nicht, warum, aber sie glaubte ihm nicht. Nicht, was er sagte, und nicht die Lässigkeit, die er an den Tag legte. Bevor sie nachhaken konnte, rief Weingarten für alle vernehmbar in die Halle:

»Sagt mal, Jungs, hat einer von euch Perlmann gesehen, den Kripobeamten?«

Die Arbeiter auf der Empore schüttelten wortkarg die Köpfe. Von unten aus der Halle scholl Klara ein mehrfaches lokal eingefärbtes »Nei« entgegen.

Weingarten wandte sich maliziös an Flückiger. »Wahrscheinlich denkt die Seepolizei wieder, dass hier finstere Dinge abgehen auf der Werft?«

Reto schwieg, und Klara wusste, warum. Sie hatten nichts Konkretes gegen Weingarten in der Hand. Reto hatte sich seiner Behörde gegenüber in dem Fall für befangen erklärt. Genau das, was Weingarten ihm von Anfang an unterstellt hatte. Es war besser, wenn er sich raushielt.

Sie musterte Weingarten forschend. Wenigstens wusste er nun, dass sie an ihm dran waren. Mal sehen, wie lange er so lässig blieb.

Erst mal gab er sich weiter unbeirrt. »Wenn Sie glauben, dass Ihr Kollege hier ist, schauen Sie sich ruhig um.«

Sein starres Grinsen, das er wohl für cool hielt, provozierte Klara geradezu. Auf dem Gelände der Werft dürfte nichts zu finden sein, wenn er sie so betont zu einem Rundgang einlud. Sie dachte an Perlmann. Irgendwo war er vielleicht in Gefahr. Und Weingarten wusste vielleicht, wo. Sie sah ratlos zu Reto. Er erwiderte ihren Blick ruhig, aber nicht minder ratlos.

Draußen, auf dem Parkplatz der Werft, wartete Marcel Steiner wie immer bis zum Anschlag gespannt auf sie. »Und?«

»Kein Hinweis auf Perlmann. Vielleicht hat sein Verschwinden ja nichts mit dem Fall zu tun, und er liegt irgendwo im Straßengraben. Aber wenn es was mit dem Fall zu tun hat, dann ist Weingarten der einzige Anhaltspunkt, den wir haben.«

Marcel sah Klara mit einer Mischung aus Misstrauen und Bestätigung an. »Dann glauben Sie mir jetzt, dass er lügt?«

Klara widerstand dem Impuls, Marcels Frage ins Ungefähre auszuweichen. Sie nickte. Ja, sie glaubte ihm. Nur half ihr ihr Glaube keinen einzigen verdammten Schritt weiter. Was, wenn Weingarten die falsche Fährte war und Perlmann seine Casinobeziehungen weiterverfolgt hatte? Ihr Perlchen in den Fängen der Mafia. Daran mochte sie gar nicht denken. Außerdem passte zu der Theorie der Gebissreiniger nicht. Die Zeit lief ihnen davon. Klara hatte Angst, einen entscheidenden Fehler zu machen.

***

Auf der »Dolly« verlieh Perlmann die Angst um sein Leben Bärenkräfte. Er riss an den Fesseln und trat wie wahnsinnig um sich. Entweder würde es ihm gelingen, sich zu befreien, bevor das Monsterpaar zurückkäme, um ihn endgültig ins Jenseits zu befördern. Oder das Wunder, das am Ufer nicht eingetreten war, würde auf dem See geschehen. Ein einsamer Ruderer zöge mit rhythmischen Schlägen an der »Dolly« vorbei und vernähme seltsame Geräusche, die ihn dazu veranlassten, auf dem verlassenen Boot nach dem Rechten zu sehen.

Perlmann konnte nicht ahnen, wie nahe er mit seinem Wunsch an der Wirklichkeit war. Tatsächlich ruderte ein einsamer Sportler an der »Dolly« vorbei. Nur war von Perlmanns Anstrengungen in zehn Metern Entfernung von dem Schiff nichts zu hören. Der Ruderer paddelte gleichmäßig weiter Richtung Münsterlingen. Der See war wieder ruhig und still.

***

Klara, Reto und Steiner hatten sich, nachdem sie die Werft zur Sicherheit doch bis in den letzten Winkel durchsucht hatten, auf dem Gelände verteilt und warteten. Worauf, erschien Klara in ihrem Versteck mehr und mehr zweifelhaft. Sie fischte ihr Handy aus der Tasche und rief Reto an.

»Ich werd langsam nervös. Hier tut sich überhaupt nichts. Und wir wissen immer noch nicht, wo Perlmann ist!«, flüsterte sie.

Reto sah Weingarten mit einer Tonne Holzabfall aus der Werfthalle kommen. Ihm folgten die Arbeiter, sich Feierabendgrüße zurufend. »Es geht los. Die machen Schluss.«

Klara ging in Deckung, als Weingarten die Tonne keinen Meter von ihr entfernt vorbeizog. Sie wartete, bis er außer Hörweite war, bevor sie, nun aufs Äußerste gespannt, wispernd weitertelefonierte. »Wir treffen uns beim Auto. Wir dürfen ihn nicht verlieren.«

Bei ihrem Kombi traf sie nur auf Reto. »Wo ist Marcel? Wieder irgendwelche Extratouren?«

Er war und blieb unberechenbar. Klara bereute nicht mehr nur fast, ihn zu dem Einsatz mitgenommen zu haben.

***

Motorengeräusch. Perlmann hörte es nicht gleich. Dann horchte er angespannt. Es kam näher. Das war sie: seine Rettung! Er trat erneut wie ein Irrer gegen die Wände der Pantry und wunderte sich, welche Kraft er immer noch hatte. Er hörte, wie der Motor gedrosselt wurde, und trat. Er hörte Schritte auf dem Deck und trat. Er versuchte, sich trotz Knebel auch mit Lauten bemerkbar zu machen.

Als er den Lauf seiner Dienstpistole, wie immer direkt auf seinen Kopf gerichtet, sah und dahinter Beate Stähli, die mit dem Bleigürtel ihres Mannes zu ihm herabstieg, mit irrem Blick, das blonde Engelshaar nass verklebt in der Stirn, gab Perlmann auf.

Beate Stähli knallte den Bleigürtel neben ihn auf die Bank, legte die Pistole auf den Steuerstand und warf den Motor an. Zu Perlmann sagte sie kein einziges Wort. Seine Angst, die ihm den Schweiß in Strömen auf die Stirn trieb, schien sie völlig unberührt zu lassen. Das Boot erzitterte, als der Motor an Fahrt gewann.

Perlmann drehte sich der Magen um. Er fragte sich in einem Anfall von bitterstem Galgenhumor, welche Todesart er bevorzugen würde: an seinem eigenen Erbrochenen zu ersticken oder wie eine Katze ersäuft zu werden.

***

Steiner verhielt sich ganz ruhig. Durch das halb blinde Fenster des Schuppens, in dem er lauerte, hatte er Weingarten im Visier, der das Tor zur Werfthalle abschloss und sich beiläufig nach allen Seiten umsah. Steiner zog sich geräuschlos etwas tiefer in sein Versteck zurück. Und behielt die Nerven. Keinerlei Anzeichen von Panik, wie er erstaunt feststellte.

Er sah Weingarten zu den Booten gehen. Erst normales Schritttempo, dann fing er plötzlich an zu laufen. Für Steiner die Bestätigung. Weingarten hatte etwas zu verbergen. Und er würde herausfinden, was.

Er folgte Weingarten, immer auf Deckung achtend, zwischen den Bootsrümpfen hindurch, lautlos, in Vollspannung.

Er dachte kurz, dass er Reto und die Blum informieren musste. Aber dann würde er Weingarten verlieren. Er folgte ihm. Der Yachthafen. Wenn er mit einem Boot rauswollte, würde Steiner ihn stellen müssen. Vielleicht sollte er doch Reto informieren.

Bevor Steiner noch recht begriff, was da vor seinen Augen geschah, nahm Weingarten Anlauf und sprang über die Kaimauer.

Ins Leere, dachte Steiner und begriff nicht, was der Sinn dieser Aktion sein sollte. Bis er sah, dass Beate Stähli mit der »Dolly« in vollem Tempo die Hafenmauer längskam. Mit einem mächtigen Sprung landete Weingarten an Deck des Schiffes, das die Stähli bei ungebremster Fahrt wendete und aufbrausend zurück auf den See steuerte. Steiners Verfolgungsjagd war zu Ende und Weingarten entwischt. Der alte Zorn brannte in ihm auf. Er fluchte ein herzhaftes »Scheiße« und rannte im Zickzack durch die Boote zum Parkplatz der Werft zurück.

ZWEIUNDZWANZIG

Weingarten hatte das Steuer der »Dolly« übernommen. Die Dämmerung brach mit winterlicher Geschwindigkeit herein; gleich würde es dunkel werden. Sie waren weit genug von allen Ufern. Beate stoppte den Motor.

»Lass es uns schnell machen.«

Weingarten erwachte wie aus einer Trance. Sein Auftritt vor der Blum in der Werft und der Sprung waren pures Adrenalin gewesen. Hier waren nur sie und der Polizist. Und das, was sie mit ihm vorhatten. Was nun nicht mehr bloß Idee oder Plan war, sondern das, was als Nächstes geschehen würde. Seine Knie gaben nach. Er folgte Beate stolpernd unter Deck.

»Leg ihm den Bleigürtel um.«

Der Kommissar starrte ihn wieder an mit diesem Blick. Wollte ihn weichkriegen. Beate hatte recht. Es musste schnell gehen. Weingarten fühlte, wie ein Zittern seinen ganzen Körper überfiel. Die Frau, die er liebte, war wie aus Stahl.

***

Klara bremste hart vor der Targa, die von Kollegen der Seepolizei bereits startklar gemacht wurde. Reto hatte sie über Funk informiert. Vom Hafen in Bottighofen zur Kreuzlinger Seepolizei in der Bleichestraße waren es keine zwei Kilometer. Jede Sekunde zählte. Wenn Weingarten und die Stähli auf der »Dolly« waren, dann war da auch Perlmann. Klara war sich jetzt ganz sicher. Und verfluchte sich, dass sie viel zu lange für diese Erkenntnis gebraucht hatte.

Sie hetzte hinter Reto und Steiner auf das Polizeiboot und musste sich sehr zusammenreißen, Reto nicht vom Steuer zu drängen, weil er ihr in seinen Bewegungen, das Boot zu starten und das GPS einzurichten, viel zu langsam erschien. Die neue Wendung des Falls, die Rettung von Perlmann, fiel nun eindeutig in Schweizer Hoheitsgebiet. Sie musste Reto und auch Steiner vertrauen. Er hatte von Anfang an recht gehabt mit seinem Verdacht gegen Weingarten. Und Reto gab nun auch endlich Gas. Klara bebte vor Anspannung und Angst um Perlmann.

***

Perlmann wehrte sich ohne Rücksicht auf seine blutig gescheuerten Handgelenke gegen Weingartens Versuche, ihm den todbringenden Bleigürtel umzuschnallen. Warum er sich wehrte, wusste er nicht. Sein Schicksal war besiegelt. Aber er kämpfte. Das war er sich schuldig. Wenn schon untergehen, dann mit Anstand.

Er spürte, wie Weingartens Bemühungen nachließen, und sah ihn schlaff auf die Pantrybank sinken. Perlmann schöpfte neue Hoffnung. Wenn Weingarten das nicht durchziehen konnte, würde auch die Stähli begreifen, dass es Wahnsinn war, ihn umzubringen.

Aus dem Augenwinkel nahm er eine kleine unscheinbare Bewegung wahr. Und erstarrte, als er sah, dass Beate Stähli zur Pistole griff.

***

Die Targa raste über den dunklen See. Über Funk meldeten die Kollegen die Einsatzlage: »Der internationale Seenotalarm läuft. Die Kollegen in Konstanz und Bregenz sind in etwa acht Minuten auf dem Wasser.«

Klara starrte angespannt in die Düsternis. Es war rein gar nichts zu sehen. Die ganze Aktion schien endlos lange zu dauern.

Plötzlich kam Bewegung in Reto, der den Radar die ganze Zeit nicht aus den Augen gelassen hatte. »Da ist das Boot! Es bewegt sich nicht.«

Klara schnappte sich das Fernglas, Steiner das Megafon. Als er seine Durchsage starten wollte, legte sie ihm die Hand auf den Arm. Es war eine fast vertraute Geste.

»Warte. Ich seh niemand an Deck. Wir sollten versuchen, uns leise zu nähern, solang wir nicht wissen, was da los ist.«

Steiner ließ das Megafon ohne Widerrede sinken. Reto schaltete umgehend den Motor ab und glitt mit der Strömung auf die »Dolly« zu.

***

In der Pantry drückte Beate Stähli Weingarten die Pistole in die Hand. Er war am Ende. Und zu schwach für jede Gegenwehr. Zitternd zielte er auf Perlmann.

»Warte!« Sie schnappte sich ein Kissen und legte es auf Perlmanns Brust. »Damit es keine Sauerei gibt.«

Weingarten sah den Ausdruck ungläubigen Erstaunens in Perlmanns Augen. Während es um sein Leben ging, dachte Beate an die hellen Sitzbezüge der »Dolly«. Weingartens Beine gaben wieder nach. Er ließ die Waffe sinken.

»Jetzt schieß!« Ihre Stimme überschlug sich.

***

Die Targa glitt lautlos auf das Heck der »Dolly« zu. Reto kannte die Strömung und drehte genau im richtigen Moment bei, als sie das Boot erreicht hatten. Klara und Steiner verfolgten das Manöver in höchster Anspannung.

***

»Geh näher ran!« Beates Stimme gellte in Weingartens Ohren. Obwohl er nicht mehr konnte und das nie gewollt hatte, richtete er die Pistole auf Perlmanns Herz.

»Jetzt schieß endlich!« Sie packte seine Hand mit eisernem Griff und zog sie Richtung Perlmanns Brust. Alles in ihm wehrte sich.

»Ich kann nicht.«

»Bei Urs hast du's doch auch durchgezogen!«

Weingarten sah Perlmann fast entschuldigend an, bevor er zurückschrie: »Aber da musste ich nicht in sein Gesicht sehen!«

Weingarten sah fassungslos, wie Beate Stähli das Kissen von Perlmanns Brust nahm und es mit aller Kraft auf sein Gesicht presste.

»Jetzt mach schon!«

Ihr Geschrei war unerträglich. Das Kissen auf Perlmanns Gesicht auch. Weingarten gab auf.

»Mach's doch selber. Hier.«

Beate zögerte keine Sekunde. Sie riss Weingarten die Pistole, die er ihr schlapp entgegenhielt, aus der Hand und drückte sie Perlmann an die Schläfe. Weingarten schloss die Augen. In ihm war alles leer. Das war's. Mit ihrer Zukunft, ihrer Liebe, mit allem. Er erwartete den tödlichen Schuss.

»Lassen Sie die Waffe fallen!«

Wie aus dem Nichts standen Klara und Reto auf der

Treppe zur Pantry und zielten mit ihren Pistolen auf Stähli und Weingarten. Weingarten sank am Einbauschrank der Pantry in eine jämmerliche Hocke und barg den Kopf in seinen Händen. Beate Stähli war nur für den Bruchteil einer Sekunde aus der Fassung.

»Hauen Sie ab. Oder ich erschieße ihn.«

Das war keine leere Drohung. Klara bemühte sich, so ruhig wie möglich zu sprechen. »Frau Stähli, geben Sie auf. Sie haben keine Chance.«

Beate Stähli zog das Kissen von Perlmanns Gesicht. Klara stockte der Atem. Perlmann war kurz vor dem Kollaps. Und zigmal durch die Hölle gegangen. Weil sie das Gebissreinigerspiel nicht spielen wollte.

»Runter vom Boot. Oder Ihr Kollege überlebt das nicht. Raus!«

Die Stimme der Stähli war Mordwerkzeug genug. Klara sah, wie sie Perlmann ohne jedes Gefühl die Pistole brutal an die Schläfe drückte, dass sich sein Körper zur Seite bog, von seinen Händen weg, die an den Boden gefesselt waren. Perlmann stöhnte vor Schmerz. Was die Stähli nur noch mehr ausflippen ließ.

»Raus!«

Klara und Reto hielten ihre Pistolen unverwandt auf sie gerichtet. Sie würde nicht schießen, langsam die Kraft verlieren und irgendwann aufgeben. Zumindest hoffte Klara das. Sie würde Perlmann nicht noch einmal im Stich lassen.

»Raus!«

Weingarten hielt die Schreierei nicht mehr aus. Er robbte von seiner Kauerstellung am Boden auf die Pantrybank zu Beate Stähli und zupfte sie unbeholfen am Arm.

»Liebes, hör auf.«

Ein Wassertropfen, der versuchte, einen explodierenden Vulkan zu löschen.

»Halt's Maul!« Wie eine Furie schrie sie Klara und Reto an: »Runter vom Boot. Wir haben nichts zu verlieren.«

Klara sah, wie Reto neben ihr die Waffe sinken ließ. Sie dachte nicht daran. Die Schreierei hielt sie noch eine Weile aus. Früher ließ man die Kinder auch schreien, bis sie müde wurden. Sie würde nicht weichen. Sie würde Perlmann nicht allein lassen. Unbeeindruckt richtete sie ihre Pistole weiter auf Beate Stähli.

»Runter vom Boot. Alle runter!«

Der Engelskopf war krebsrot. Perlmanns Halsschlagader trat deutlich hervor, als Beate seinen Kopf mit der Pistole noch weiter zur Seite drückte. Er stöhnte nicht einmal mehr, sondern sah aus, als würde er gleich das Bewusstsein verlieren.

Klara ließ ihre Waffe ebenfalls sinken. Sie mussten Druck aus der Situation nehmen. Die Stähli war total durchgedreht und brandgefährlich.

»Ganz ruhig.«

Retos deeskalierend gemeinte Worte brachten Beate Stähli nur noch mehr in Rage.

»Ich knall ihn ab!«

Klara gab Reto das Zeichen zum Rückzug. Die Verzweiflung in Perlmanns Augen, als sie Anstalten machten, die Pantry zu verlassen, war kaum zu ertragen. Sie musste ihm das antun, wenn sie ihn nicht weiter gefährden wollte. Und sie hatte eine Idee. Eine kleine Chance. Die schreiende Stähli hatte sie darauf gebracht.

Perlmann verzweifelte, als seine Rettung aus seinem Blickfeld verschwand. Er wollte nur noch, dass die Stähli endlich abdrückte und sein Martyrium beendete. Sie konnte offensichtlich seine Gedanken lesen und legte den Finger auf den Abzug, als Klara plötzlich wieder an der Treppe zur Pantry auftauchte.

»Frau Stähli. Bei dem Mord an Ihrem Mann, da waren Sie nur die Mittäterin. Sie haben eine reelle Chance, dass Sie dafür nicht ein Leben lang ins Gefängnis gehen.«

Beate Stähli hatte den Finger unverändert am Abzug. Eine kleine Bewegung, und es war mit Perlmann vorbei.

»Wenn Sie jetzt meinen Kollegen umbringen ...«

Klara legte allen Samt und alle Kreide in ihre Stimme, beendete aber ihren Satz nicht. Perlmann kannte sie gut genug, um zu wissen, dass sie Zeit schindete. Worauf wartete sie? Die Stähli konnte sie mit dieser Taktik zumindest nicht beeindrucken.

»Lieber sterbe ich, bevor ich ins Gefängnis gehe.«

Perlmann schielte auf Beates Finger, der sich um den Abzug schmiegte. Klaras nächste Frage ließ ihn aufhorchen.

»Und Ihr Kind?«

Das war Klara. Immer einen Trumpf im Ärmel. Den hätte er auch gezogen, wenn er nicht seit Stunden geknebelt wäre. Zu seiner Verwunderung zeigte Beate Stähli keinerlei Reaktion. Aber Klara war hartnäckig.

»Was wird aus Ihrem Kind? Ohne Vater, ohne Mutter?«

Perlmann spürte, wie Beate Stähli neben ihm zu zittern begann. Aber der Pistolenlauf drückte unvermindert fest an seine Schläfe. Nur Worte. Die Beate Stähli nicht erreichten. Perlmann sah fragend zu Klara. Er hoffte inbrünstig, dass sie noch einen weiteren Trumpf in der Hand hatte. Full House, sozusagen.

Sie enttäuschte ihn nicht. Von irgendwoher drang der Laut eines weinenden Kindes in die Pantry. Perlmann erkannte die Stimme sofort. Paula. Die kleine Maus, die sich von ihm mit Tee hatte beruhigen lassen. Ihr Greinen klang unwirklich, wie aus einer anderen Sphäre. Das musste der Effekt des Megafons sein. Zart, hilflos, unendlich liebenswert. Ein Kind, das seine Mutter vermisst.

Er spürte, wie der Druck auf seiner Schläfe nachließ; sah, dass Beate Stähli langsam die Waffe sinken ließ. Für einen Moment war alles still. Bis Beate Stähli verzweifelt zu schluchzen begann.

***

Die Verhaftung der Stähli überließ Klara ihrem Schweizer Amtskollegen. Steiner schnappte sich Weingarten alles andere als sanft. Das Gewimmer des Kindes verstummte so plötzlich, wie es in der Stille des nächtlichen Sees aufgetaucht war. Klara dankte Reto und vielleicht auch Gott, dass ihr Plan aufgegangen war, Beate Stählis Eltern anzurufen und sie dazu zu überreden, das Kind ans Telefon zu holen.

Sie kniete sich zu Perlmann und löste mit sanftesten Fingerspitzen den Klebestreifen von seinem wunden Mund. Sie sah die Angst in seinen Augen und wie sie langsam wich. Er hatte Unvorstellbares durchgemacht. Sein erstes Wort war »Danke«. Dann kam nichts mehr. Klara nickte bewegt. War mal ganz schön, Perlmann ernst und ohne Frotzelei.

»Dafür lad ich dich auf ein Bier ein, Frau Blum.«

Perlmann hatte sie geduzt! Also fast. Das kam ja einem Ritterschlag gleich. Er versuchte ein Grinsen, das ihm gründlich misslang, und Klara wusste nicht, ob sie froh sein sollte, dass er offensichtlich doch schon wieder Witze riss. Es lag vermutlich in seinen Genen. Und disqualifizierte ihn einmal mehr als möglichen Partner für Johanna. Sie würde ihn erst mal von seinen Fesseln erlösen. Klara suchte in ihren Manteltaschen. Ihrer Handtasche. Noch mal im Mantel.

»Ich hab keinen Schlüssel.«

Dass Klara diesmal nicht pokerte, begriff Perlmann sofort. Eine tiefe, nie gekannte Erschöpfung übermannte ihn. Er wollte nur noch schlafen und alles vergessen. Aber in ihm waren alle Lichter auf »ON«. Er lebte. – Wow.

EPILOG

Der Morgen hatte mit einem kirschroten Sonnenaufgang begonnen. Wieder war das Wetter, gegen alle depressive Novembererwartung, mild und lichtvoll. Perlmann thronte wie Königinmutter auf der Couch im Büro des Konstanzer Polizeipräsidiums und verlas die gesammelte Presse über seinen spektakulären Fall.

»Sechs Millionen Euro sichergestellt. Dank des engagierten Einsatzes von Oberkommissar Kai Perlmann, Kripo Konstanz, gelang der Kreuzlinger Wasserschutzpolizei zusammen mit dem Konstanzer Morddezernat am gestrigen Abend ein erfolgreicher Schlag gegen den internationalen Drogenhandel.«

Beckchen saß fürsorglich und stolz bei ihm auf der Lehne. »Ich find, du siehsch immer noch a bissle blass aus. Bisch wenigschdens befördert worden?«

Perlmann kostete seinen Triumph betont gelassen aus. »Ja, von Klara. Zum Doppelnullagenten.«

Klara Blum, die sich an ihrem Schreibtisch unauffällig etwas zurechtgemacht hatte, lächelte und nahm aufbruchbereit ihre Tasche. Beckchen witterte die Chance, Perlmann gleich ganz für sich zu haben, und rückte noch ein bisschen näher zu ihm.

»Jetzt erzähl noch mal alles von Anfang an.«

Klara wusste, dass Perlmann nichts lieber tat als das. Und sie hatte eine Verabredung.

»Ich kenn ja die Geschichte. Ich habe noch einen Termin. Bis später. Ciao.«

Perlmann nickte nur, den Blick nicht von den regionalen Tageszeitungen hebend. Die Schmerzen in seinen Gelenken und die, die tiefer lagen, spürte er nicht. Vielleicht wirkte die Beruhigungsspritze nach, die ihm der Notarzt nach seiner filmreifen Befreiung als Erstes verabreicht hatte. Oder es war sein üppig ausgeschüttetes Adrenalin, weil er am Leben und ein Held war.

Beckchen beugte sich glühend zu ihm. »Haben die zwei schon gstande?«

Der Gedanke an seine Peiniger dämpfte Perlmanns gehobene Stimmung ein wenig.

»Sie schweigt, er redet wie ein Wasserfall. Die beiden haben schon seit zwei Jahren ein Verhältnis. Das Kind ist natürlich auch von ihm. Sie wollten Stähli so verschwinden lassen, dass seine kriminellen Geschäftspartner denken würden, er hätte sich mit dem Geld aus dem Staub gemacht.«

»Gier und Liebe in tödlicher Umarmung.« Beeindruckt ging Beckchen zum Fenster und sah auf den Parkplatz des Präsidiums. Klara hatte ihr gar nichts von einem Termin gesagt. Ihr Blick fiel auf einen nicht unattraktiven Mann in Jeans und Lederjacke, der offensichtlich erfreut auf jemanden zuging. Beckchen klappte die Kinnlade runter, als sie sah, dass dieser Jemand Klara war. Sie wandte sich neugierig zu Perlmann um.

»Kennsch du den?«

Perlmann reckte den Kopf Richtung Fenster und zog ihn gelangweilt wieder ein, als er Klara in Begleitung sah.

»Das? Das ist Reto.«

Das Thema schien ihn nicht sonderlich zu interessieren. Er blätterte selbstverliebt weiter durch die Berichterstattung der regionalen Presse. Beckchen zog eine enttäuschte Schnute.

»Ach so. Und ich dachte schon, es isch was Privates.«

Wie unter einer Eingebung sah Klara, nachdem sie Reto kollegial begrüßt hatte, hoch zu den Fenstern ihres Büros. Beckchen wirkte ein wenig verstimmt, als sie ihr so matt zuwinkte und hinter ihr plötzlich Perlmann mit fragendem Blick auftauchte. Klara winkte fröhlich zurück. Sie hatte eine Idee, wie sie den beiden den Rest des Tages mit Spekulationen versüßen konnte, und hakte sich vertraulich bei ihrem smarten Kollegen unter. Sie fuhren zwar nur nach Kreuzlingen, um das Protokoll ihrer grenzüberschreitenden Polizeiarbeit abzusegnen. Aber sie waren sich durch die Dramatik ihres Einsatzes durchaus nahegekommen, und eine solche Geste schien vertretbar.

Reto zeigte seine charmanten Grübchen, als er Klaras Arm ein wenig fester an seine Seite drückte. Ein warmes Gefühl machte sich in Klaras Bauchgegend breit. Sie sagten kein Wort, als sie Arm in Arm zu seinem goldenen Volvo gingen. Klara dachte an Beckchen, die sie mit an Sicherheit grenzender Wahrscheinlichkeit atemlos vom Bürofenster aus beobachtete, und schenkte ihr zwei übermütige kleine Hüpfer, auch wenn das sicher ziemlich albern aussah. Reto schien sich daran nicht zu stören. Er öffnete ihr galant die Beifahrertür.

Klara fiel, ohne dass sie wusste, warum, ein Satz ihres Schriftstellers ein. »Wenn es schon keine Menschen fürs Leben gibt, dann gibt es doch Sätze.«

Musste ja nicht fürs Leben sein. Sie schmiegte sich in den Sitz des liebevoll gepflegten Oldtimers, sah das Segelboot vor sich, das mindestens so alt war wie der Volvo und von Reto ebenfalls mit Sorgfalt und Liebe restauriert wurde. Der Schweizer Mann hatte offensichtlich eine Schwäche für Antiquitäten.

Vielleicht sollte sie endlich segeln lernen. Oder ihn zum Essen einladen. Ihr Steinpilzrisotto war legendär. Sie dachte an das noch zu schlagende Feuerholz und verscheuchte alle weiteren Gedanken.

Reto bog auf die Rheinbrücke ein. Dichter Nebel hing über der Konstanzer Bucht. Der Verkehr bewegte sich in zähem Schritttempo voran. Es machte nichts. Sie hatten Zeit.

Das Erste

rbb
RUNDFUNK BERLIN-BRANDENBURG

Oliver G. Wachlin
BLINDER GLAUBE
Kriminalroman nach der gleichnamigen
ARD-Serie »Tatort«
© Das Erste / Rundfunk Berlin-Brandenburg (rbb)
Agentur: WDR mediagroup licensing GmbH
Nach dem Tatort-Krimi von Andreas Pflüger
Broschur, 160 Seiten
ISBN 978-3-89705-660-2

»Hitverdächtig. Auf die Bestsellerverfilmung folgt nun die Quotenhitverschriftlichung.« tvmedia

mdr

Oliver G. Wachlin
TODESSTRAFE
Kriminalroman nach der gleichnamigen
ARD-Serie »Tatort«
© Das Erste / MDR, Lizenz durch Telepool GmbH
Agentur: WDR mediagroup licensing GmbH
Nach dem Tatort-Krimi von Mario Giordano
und Andreas Schlüter
Broschur, 176 Seiten
ISBN 978-3-89705-665-7

»Der gelungene Einstieg eines neuen Teams.«
Kriminalakte

radiobremen

Christoph Ernst
STRAHLENDE ZUKUNFT
Kriminalroman nach der gleichnamigen
ARD-Serie »Tatort«
© Das Erste / Radio Bremen
Agentur: WDR mediagroup licensing GmbH
Nach dem Tatort-Krimi von Christian Jeltsch
Broschur, 160 Seiten
ISBN 978-3-89705-666-4

»Eine spannend präsentierte Story mit Aktualitätsbezug, Action und einem unvorhersehbaren Final-Twist.« www.buchwurm.de

Das Erste

WDR

Martin Schüller
DIE BLUME DES BÖSEN
Kriminalroman nach der gleichnamigen
ARD-Serie »Tatort«
© Das Erste, WDR
Agentur: WDR mediagroup licensing GmbH
Nach dem Tatort-Krimi von Thomas Stiller
Broschur, 160 Seiten
ISBN 978-3-89705-658-9

»Viel mehr als eine bloße Drehbuch-Niederschrift: fesselndes Kopfkino für ›Tatort‹-Fans!« Hörzu

BR

Martin Schüller
A GMAHDE WIESN
Kriminalroman nach der gleichnamigen
ARD-Serie »Tatort«
© Das Erste / BR, Lizenz durch Telepool GmbH
Agentur: WDR mediagroup licensing GmbH
Nach dem Tatort-Krimi von Friedrich Ani
Broschur, 160 Seiten
ISBN 978-3-89705-664-0

»Die Sympathie für die kleinen Leute schimmert in der Romanfassung vielleicht sogar etwas stärker als im Film durch. Ein guter Krimi.« Kriminalakte

SR

Martin Conrath
AUS DER TRAUM ...
Kriminalroman nach der gleichnamigen
ARD-Serie »Tatort«
© Das Erste / Saarländischer Rundfunk
Agentur: WDR mediagroup licensing GmbH
Nach dem Tatort-Krimi von Fred und
Léonie-Claire Breinersdorfer
Broschur, 176 Seiten
ISBN 978-3-89705-661-9

»Die Charaktere werden plastisch gezeichnet.«
Kriminalakte

Das Erste

NDR

Hannes Nygaard
ERNTEDANK
Kriminalroman nach der gleichnamigen ARD-Serie »Tatort«
© Das Erste / NDR, lizenziert durch Studio Hamburg Distribution & Marketing GmbH
Agentur: WDR mediagroup licensing GmbH
Nach dem Tatort-Krimi von Angelina Maccarone
Broschur, 176 Seiten
ISBN 978-3-89705-659-6

SWR»

Susanne Kraft
SEENOT
Kriminalroman nach der gleichnamigen ARD-Serie »Tatort«
© Das Erste / Südwestrundfunk (SWR), lizenziert durch SWR Media Services GmbH
Agentur: WDR mediagroup licensing GmbH
Nach dem Tatort-Krimi von Dorothee Schön
Broschur, 208 Seiten
ISBN 978-3-89705-663-3

SWR»

Martin Conrath
VERMISST
Kriminalroman nach der gleichnamigen ARD-Serie »Tatort«
© Das Erste / Südwestrundfunk (SWR), lizenziert durch SWR Media Services GmbH
Agentur: WDR mediagroup licensing GmbH
Nach dem Tatort-Krimi von Christoph Darnstädt
Broschur, 160 Seiten
ISBN 978-3-89705-735-7

Das Erste

WDR

Martin Schüller
MOLTKE
Kriminalroman nach der gleichnamigen
ARD-Serie »Tatort«
© Das Erste, WDR
Agentur: WDR mediagroup licensing GmbH
Nach dem Tatort-Krimi von Axel Götz,
Jan Hinter und Thomas Wesskamp
Broschur, 160 Seiten
ISBN 978-3-89705-734-0

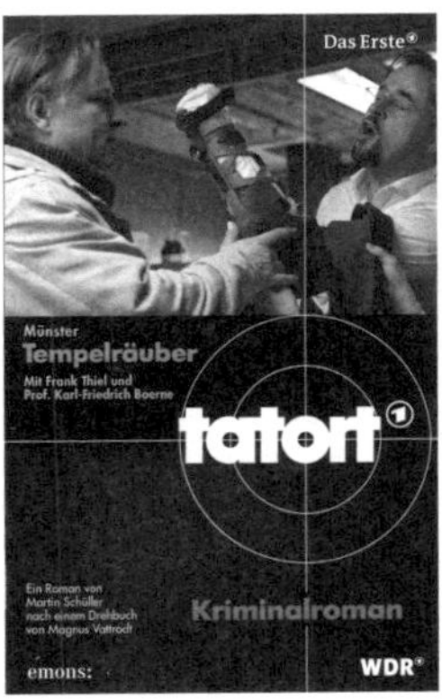

WDR

Martin Schüller
TEMPELRÄUBER
Kriminalroman nach der gleichnamigen
ARD-Serie »Tatort«
© Das Erste, WDR
Agentur: WDR mediagroup licensing GmbH
Nach dem Tatort-Krimi von Magnus Vattrodt
Broschur, 160 Seiten
ISBN 978-3-89705-733-3

hr

Uli Aechtner
BEVOR ES DUNKEL WIRD
Kriminalroman nach der gleichnamigen
ARD-Serie »Tatort«
© Das Erste / hr, Frankfurt
© 2009 hrMedia Lizenz- und Verlagsgesellschaft mbH
Agentur: WDR mediagroup licensing GmbH
Nach dem Tatort-Krimi von Henriette Piper
Broschur, 160 Seiten
ISBN 978-3-89705-662-6

Das Erste
tatort
Deutschlands erfolgreichste Krimireihe
Die beliebtesten Ermittler, die besten Fälle.
Jetzt überall auf DVD im Handel!
REGELMÄSSIG NEUE EINZEL-FOLGEN UND BOX-SETS – DAS IDEALE GESCHENK!
DUISBURG
SCHIMANSKI-BOX
MÜNSTER
THIEL/BOERNE-BOX
KIEL
REIFEZEUGNIS
Ausführliche Infos unter www.tatort.aufdvd.de
© ARD Landesrundfunkanstalten, ORF, SF. Lizenzen durch Bavaria Media GmbH, Degeto Film GmbH, hr Media Lizenz- und Verlagsgesellschaft mbH, rbb media GmbH, Studio Hamburg Distribution & Marketing GmbH, SWR Media Services GmbH, Telepool GmbH und WDR mediagroup licensing GmbH.
BR hr mdr NDR radiobremen rbb SR SWR WDR ORF SF
Walt Disney Studios Home Entertainment